후아유

Who are you

조진행 판타지 장편소설

FANTASY STORY & ADVENTURE

9

dream books 드림북스

후아유 9 (2부) 순례자(巡禮者)

초판 1쇄 인쇄 / 2013년 8월 30일
초판 1쇄 발행 / 2013년 9월 6일

지은이 / 조진행

발행인 / 오영배
책임편집 / 편집부
펴낸 곳 / (주)삼양출판사 · 드림북스

주소 / 서울특별시 강북구 솔샘로67길 92
대표 전화 / 02-980-2112 팩스 / 02-983-0660
편집부 전화 / 02-980-2116 팩스 / 02-983-8201
블로그 / blog.naver.com/dreambookss

등록번호 / 제9-00046호
등록일자 / 1999년 3월 11일

값 9,000원

ISBN 978-89-542-5089-4 (04810) / 978-89-542-4103-8 (세트)

* 지은이와 협의하에 인지는 생략합니다.
* 잘못된 책은 구입한 곳에서 바꾸어 드립니다.

이 도서의 국립중앙도서관 출판시도서목록(CIP)은 서지정보유통지원시스템 홈페이지(http://seoji.nl.go.kr)와
국가자료공동목록시스템(http://www.nl.go.kr/kolisnet)에서 이용하실 수 있습니다.
(CIP제어번호: 2013016305)

후아유

9

순례자(巡禮者)

조진행 판타지 장편소설

FANTASY STORY & ADVENTURE

dream books
드림북스

후아유 9 순례자(巡禮者)

Contents

제1화

행한 대로 받으리라

날이 밝았다.

잠에서 깨어난 사람들이 하나둘 불기둥 가까이로 모여들었다. 살을 에는 듯한 추위도 불기둥의 온기 앞에서는 스러졌다.

대충 몸을 녹인 사람들은 다시 흩어졌다. 그리고 눈을 녹여 세수를 하거나, 음료로 만들어 마셨다.

물에 만족하지 못한 사람들은 근처를 뒤져 먹을 것을 찾았다.

어떤 사람들은 제 주머니에 붙어 있던 정체를 알 수 없는 부스러기까지 털어 먹었다.

그런 사람들을 바라보던 안상혁이 무심코 중얼거렸다.

"얼마나 버틸 수 있을까?"

머릿속으로 남은 식량을 헤아려 보던 최명석이 답했다.

“이틀 정도는 문제없습니다.”

“우리 말고.”

“네? 누구요?”

“인간.”

“형님, 좀 밝고 긍정적으로 생각하세요. 제가 볼 때 형님은 너무 회의적인 것 같아요.”

“회의적이라고?”

“지방마다 꼭꼭 숨겨둔 곡식이 아직 많을 겁니다. 우리나라에서 쌀값이 엄청나게 쌌다는 걸 생각해 보세요. 식량을 소비하는 사람들보다 아시아 전쟁으로 갑자기 사망한 사람의 숫자가 압도적으로 많습니다. 남아도는 쌀이 어딘가에 있을 겁니다. 최악의 경우 쌀이 떨어졌다고 해도 먹을 게 다 사라진 건 아닙니다. 바다는 얼지 않았을 거란 말입니다. 물고기를 잡아먹어도 됩니다. 막말로 지구의 생물이 다 사라지기 전까지 인간은 생존할 수 있는 겁니다. 그렇지 않습니까?”

“너는 좀 지나치게 낙관적인 것 같다.”

조금 떨어진 곳에서 듣고 있던 박미나가 웃으며 끼어들었다.

“후훗, 그래도 질질 짜는 것보다는 보기 좋잖아요.”

“그렇기는 합니다.”

안상혁이 희미하게 웃으며 고개를 끄덕였다.

확실히 최명석의 말마따나 보는 눈에 따라서는 절망적인 상황이 아닐 수도 있었다.

'유진 형님은 그래서 남쪽으로 가자고 하는 건가?'

적당한 곳을 찾지 못하고 계속 남하하다 보면 언젠가는 땅끝, 즉 바다에 도달하게 될 것이다. 최명석의 말을 듣고 보니 바다는 바다대로 쓸모가 있어 보인다.

"너, 현자(賢者)답다."

안상혁이 최명석의 어깨를 툭 치고는 강유진의 곁으로 다가갔다.

"큰형님, 아침은 마을에 가서 먹는 게 어떻겠습니까?"

안상혁은 소지한 식량을 최대한 아끼고 싶었다.

그런 그의 마음을 짐작한 강유진이 웃으며 고개를 끄덕였다.

"아! 좋은 생각이야. 아침 일찍부터 빚이나 받으러 가볼까?"

안상혁이 지난밤에 수거한 AK47 소총을 어깨에 멨다.

최명석은 사냥꾼이라도 된 듯 엽총을 등 뒤에 둘렀다.

"그럼, 누가 앞장설래?"

강유진의 말에 안상혁이 나섰다.

"역시 이런 일은 제가 나서야겠죠?"

강유진은 고개를 끄덕였다.

안상혁은 항상 궂은일을 직접 처리하려고 했다. 어려운 일에 나서는 게 그의 성격일 수도 있지만, 자신을 배려한 것일 수도 있다.

어느 쪽이든 강유진은 안상혁의 뜻을 존중해 주고 싶었다.

강유진이 장난스럽게 "탁!" 하고 손가락을 튕기자 불기둥이 사라졌다.

불이 사라지자 사람들은 몇 개 되지도 않는 짐을 꾸리고 길 떠날 채비를 했다.

안상혁이 선두에 서서 무리를 이끌었다.

그 뒤로 강유진이 따라붙었다.

최명석은 임지연과 강하연의 뒤쪽에 자연스럽게 자리했다. 어제 안상혁이 한 말이 마음에 걸린 것이다. 안상혁의 말마따나 강유진의 가족에게 무슨 일이 생긴다면? 뒷일은 상상하고 싶지도 않았다.

나머지 사람들이 그 뒤에 유성처럼 길게 따라붙었다.

"멈춰요!"

낫을 든 삼십 대 남자가 뾰족한 소리로 외쳤다.

바리케이드는 여전했지만 마을 사람들의 기세는 한풀 꺾여 있었다.

안상혁이 그들의 앞으로 뚜벅뚜벅 걸어갔다.

잔뜩 인상을 찌푸린 마을 사람들은 안상혁의 눈치를 살피고 있었다. 정확히는 그의 손에 들린 AK47을 힐끔거렸다. 지난밤의 일로 더 이상 마을에 총기류는 남아 있지 않았다. 총을 들고 습격에 나섰던 사람들은 대부분 골절상을 입었다. 조심스러울 수밖에 없는 상황이다.

안상혁은 바리케이드 뒤에 늘어선 마을 사람들을 찬찬히 살폈다.

숫자는 많았지만 총을 든 사람은 한 사람밖에 없었다. 나머지는 낫과 칼, 심지어 쇠스랑을 든 사람까지 보였다.

AK47의 총구가 사람들을 향했다.

"헉!"

낫을 든 사내의 입에서 헛바람 빠지는 소리가 흘러나왔다.

엽총을 들고 있던 남자는 안절부절못한 모습으로 어쩔 줄 몰라 했다.

상대가 AK47을 든 남자 하나라면 먼저 쏴 버릴 수도 있다. 그러나 그의 뒤에 서 있는 남자들에게 무려 세 자루나 되는 엽총과 권총이 있다. 어디 그뿐이랴! 저들 중에는 초능력을 가진 사람도 있다고 한다.

우왕좌왕하고 있는 마을 남자들에게 안상혁이 차갑게 말했다.

"살고 싶은 사람은 무기를 바닥에 내려놓아라. 셋을 센다. 하나, 둘……."

철그럭. 투둑.

겨우 둘까지 셌을 때 사람들은 무기를 바닥에 던졌다.

약자 앞에서 강하고 강자 앞에서 약한 면모를 여실히 드러낸 것이다.

안상혁이 무표정한 얼굴로 남자 둘을 가리켰다.

"너, 너, 길을 열고, 나머지는 그대로 뒤로 물러난다. 실시!"

지적당한 남자 둘이 바리케이드를 열고, 마을 사람들은 주춤주춤 뒤로 물러났다.

워낙 지휘가 깔끔한 탓에 사람들은 고민하거나 갈등할 틈도 없었다. 그 일련의 과정이 자연스러워서 안상혁이 마을의 지도자처럼 보일 정도다.

"거기 두 사람, 마을 회관에 사람들을 모아라. 나머지는 이대로 마을 회관으로 간다."

"예, 예."

이미 기선을 제압당한 마을 사람들은 굽실거리며 안상혁의 지시에 따라 움직였다.

바리케이드를 걷어낸 남자들은 부리나케 집들을 향해 뛰어갔고, 나머지는 조금 굼뜬 걸음으로 뒤쪽에 보이는 마을 회관으로 향했다.

안상혁은 마치 소를 치는 목동처럼 느긋하게 마을 사람들을 몰고 갔다.

그런 안상혁을 보며 최명석이 혀를 내둘렀다.

"와아! 저 형은 진짜 타고났어. 그렇지 않습니까, 형님?"

"네가 잘하는 것도 있잖아. 부러워하지 말고 바닥에 있는 총이나 잘 챙겨 둬."

"제가 잘하는 게 뭐예요?"

최명석이 기대 어린 눈으로 강유진을 바라보았다.

"……뭔가 있겠지. 설마 없겠냐."

"에이……."

최명석은 잔뜩 실망한 얼굴로 엽총을 주워 들었다.

그 모습을 보고 있던 박미나가 최명석에게 다가가 어깨를 다독였다.

"명석 씨 잘하는 거 있잖아."

"뭔데요?"

"개그."

"그런 거 말고요."

박미나가 고개를 갸우뚱하며 중얼거렸다.

"개그 말고 또 뭐가 있을까나……."

"됐고요, 선배님은 가서 여자들이나 잘 지켜 주세요."

뒷말은 나지막해서 거의 속삭임에 가까웠다.

박미나가 다소 놀란 눈으로 최명석을 바라보았다. 새삼스럽게 여자들을 잘 지켜 달라니?

'뭐야? 내가 모르는 일이 있다는 건가?'

박미나가 좀 더 캐물으려고 할 때다.

최명석이 십여 걸음 앞서 가고 있는 강유진의 눈치를 살피며 작게 말했다.

"어제 상혁 형이 그러더라고요. 큰형 가족들에게 일이 생기면 큰일 날 거라고……. 그러니까 선배님이 조금 더 신경을 써 줘요."

듣고 보니 별일도 아니다.

실망한 박미나가 혼잣말처럼 중얼거렸다.

"쳇! 강 선생님이 계시는데 뭐가 걱정이래?"

하지만 말과는 달리 안상혁의 말에도 일리가 있다고 생각했다. 그래도 선뜻 '알았다' 고 답하지 않은 건 안상혁이라는 사람에 대한 본능적인 거부감 탓이다. 혁명군 중좌라는 그의 과거 이력, 아니, 그 지위 속에 담겼을 살육의 광기는 쉽게 떨쳐 버릴 수 없었다.

"에이, 아무리 능력자라고 해도 유진 형은 사람이잖아요. 유진 형이 강남에 있는데 박영찬 대장님이 그렇게 덧없이 갈 줄 누가 알았겠어요?"

"그런 걸 알면 나한테 좀 잘해."

"에? 그건 또 무슨 소리예요?"

"나한테 여자들을 지켜 달라면서? 그런 막중한 임무를 맡겼으면 더 잘해 줘야지."

"선배님, 내가 못 해 줬어요?"

"잘해 준 건 뭔데? 구체적으로 예를 들어 봐."

"에, 그러니까……."

최명석이 한창 머리를 굴리고 있을 때다.

김미연이 다가와 생글생글 웃으며 말했다.

"두 분, 연애는 나중에 한가할 때 하시고, 지금은 일에 집중 좀 해 주시면 안 될까요?"

"헐, 연애는 무슨……."

화들짝 놀란 최명석이 빠르게 자리를 벗어났다.

멀어져 가는 최명석의 뒤통수를 물끄러미 보고 있던 박미나가 중얼거렸다.

"정말 연애하는 것 같이 보여요?"

"아니었어요?"

"그런 것도 같고 아닌 것도 같고, 잘 모르겠네요. 그런데 그쪽은 어때요?"

"저요?"

김미연이 놀란 눈으로 박미나를 바라보았다.

"안상혁 씨와 사귄다는 소문을 들었는데. 뜬소문이었나요?"

"음, 뭐랄까……. 제가 좋아하고 있는 편이라고 할까요?"

"아, 그렇군요. 그런데 어떤 점이 마음에 드세요?"

박미나는 정말 궁금하다는 표정이었다.

"능력 있고 스마트하잖아요. 맺고 끊는 것도 분명하고."

"안상혁 씨 좀 냉정해 보이던데, 무섭지는 않으세요?"

"무서워요? 그런 건 전혀 못 느끼겠던데요? 그는 외강내유(外剛內柔)한 타입의 남자예요. 겉으로는 차가워 보여도 속은 여린 그런 사람이죠."

"……."

박미나는 더 이상 말하지 않았다.

혁명군 중좌 시절에 북으로부터 영웅 칭호까지 받은 사람을 '속이 여리다' 고 한다.

'외강내유라고?'

콩깍지가 단단히 씌워진 모양이다.

박미나가 입을 다물자 김미연은 곧 임지연의 곁으로 돌아갔다.

빠르게 걷던 박미나는 문득 최명석의 말이 떠오르자 걸음을 조금 늦추었다.

생각해 보면 김미연은 국정원의 연구원 출신이다. 그녀는 하연이와 임지연 박사처럼 보호가 필요한 사람인지도 모른다.

얼마 지나지 않아 박미나는 하연이와 임지연 박사의 대화가 들리는 위치에 설 수 있었다.

박미나의 입가에 미소가 떠올랐다.

하연이는 임지연을 "박사님"이라고 부르고 있었다. 아직 임지연 박사를 부를 적당한 호칭을 찾지 못한 모양이다. 얼마 전까지 친엄마와 함께 지낸 터라 단어 선택에 어려움이 따르는 것이리라. 그래도 다행인 건 임지연과 하연의 사이가 상당히 친숙해 보인다는 점이다.

바리케이드를 지나자 멀리 마을 회관이 보인다.

최명석이 마을 회관 앞에서 사람들에게 건물 안으로 들어가라고 연신 손짓하고 있었다.

마당에 서 있는 마을 사람들을 지나며 박미나는 혀를 찼다.

'쯧쯧, 인과응보(因果應報)지.'

마을 회관 안으로 들어간 하연의 눈이 휘둥그렇게 떠졌다.

"박사님! 방이 따뜻해요!"

그제야 다른 사람들도 믿을 수 없다는 듯 방바닥을 매만졌다.

전기도 끊겼는데 정말 바닥이 따뜻했다.

임지연이 보일러의 온도 조절 장치를 살펴본 후에 피식 웃으며 말했다.

“네 아빠가 손을 쓴 모양이네. 보일러가 꺼져 있는 걸 보니……. 은근 자상한 남자라니까.”

훈훈한 온기에 사람들은 하나둘 겉옷을 벗기 시작했다.

옷차림이 가벼워진 아이들이 재잘대며 뛰어다녔다.

어른들이 푸근한 눈으로 그런 아이들을 바라보았다. 모처럼 평화로운 광경을 보고 있자니 마음이 찡한 표정들이다.

하연이는 이내 또래의 아이들과 어울려 이리저리 몰려다녔다.

여자 삼인방(임지연, 김미연, 박미나)도 자연스럽게 한쪽에 모였다.

창문으로 마당을 내다보고 있던 김미연이 입을 열었다.

“남자들은 어떻게 하려는 걸까요?”

“저들이 우리를 습격했으니까, 그 대가를 받아 내겠죠.”

박미나의 음성은 담담했다.

김미연이 안타깝다는 듯 중얼거렸다.

“한쪽이 살기 위해 다른 쪽의 식량을 빼앗아야 한다니……. 참 서글픈 현실이네요.”

임지연도 공감한다는 듯 고개를 끄덕였다.

“그렇죠. 현대인의 감수성으로 원시시대의 삶을 살려면 더 가슴 아픈 일이 많이 일어날 거예요.”

"하아! 약육강식(弱肉强食)……. 새삼 무서운 말이라는 생각이 드네요."

김미연의 말에 박미나가 위로하듯 말했다.

"미연 씨, 너무 자책할 것 없어요. 강 선생님이 아니었으면 지난밤에 우리는 다 저들의 성노(性奴)가 됐을 테니까요."

"하아!"

박미나의 말에 임지연과 김미연의 입에서 나지막한 한숨이 흘러나왔다.

확실히 박미나의 말대로다. 나무는 가만히 있으려고 해도 바람이 흔든다. 자신들이 아무리 고상한 가치관으로 살아가려고 해도, 다른 사람들이 가만히 두질 않는다. 세상은 뺏고 빼앗기는 게 당연한 일이 된지 오래다. 재건정부가 있던 강남만 해도 그런데 다른 곳은 말해 무엇할까!

여자들의 한숨과 무관하게 마당에서는 한창 뺏고 빼앗기는 일이 진행 중이었다.

팔십여 명에 이르는 마을 사람들을 모아두고 안상혁이 일장 연설을 늘어놓았다. 시작은 정중했지만 결론은 식량을 내놓으라로 끝이 났다.

안상혁의 말이 끝나자마자 마을 이장이라는 오십 대 남자가 조심스럽게 답했다.

“사정은 알겠습니다만 우리도 먹을 게 부족합니다. 드리고 싶어도 가진 게 없어서…….”

안상혁이 이장을 쏘아보며 냉랭한 어조로 말했다.

“사흘 치 식량으로 여자들을 사겠다고 제안한 당신들이 할 말이 아니다. 뭔가 착각하는 모양인데, 나는 협조를 부탁하는 게 아니야. 나누어 주지 않겠다면, 아무도 가지지 못하게 할 것이다.”

“무, 무슨 말씀이신지?”

“당신들이 가진 식량의 절반을 내놓지 않으면 마을을 불사르고 떠날 것이다. 선택은 당신들이 해라. 반을 건질 것인지, 모두 잃을 것인지.”

“헉!”

“그게 무슨 소리요!”

“마을을 불사른다고? 누구 마음대로?”

“씨펄! 할 테면 해 보라고 해!”

“이제 보니 날강도들이었구먼!”

“이장님! 가만히 있을 거요?”

마을 사람들 속에서 불만의 소리가 터져 나왔다.

타앙—

안상혁이 하늘로 총 한 발을 쐈다.

그제야 소란이 가라앉았다.

안상혁이 K5 권총을 권총집에 갈무리하며 차갑게 소리쳤다.

"당신들은 우리를 죽이려고 지난밤에 습격을 했다! 내가 못 할 것 같은가? 우리에게 이곳은 도적의 아지트일 뿐이다. 다 잃고 싶지 않으면 절반을 토해 놔라. 지금부터 30분의 시간을 준다. 식량을 가지러 갈 사람만 앞으로 나와라. 나머지는 지금의 자리에서 대기한다. 이상!"

…….

안상혁의 말이 끝났음에도 움직이는 사람은 없었다.

그러나 안상혁은 태연했다.

어차피 얻을 수 없다면 모두 태우겠다는 그의 말은 진심이었다. 혁명군을 이끌 때 수도 없이 했던 일이니 새삼스러울 것도 없다.

안상혁의 이력을 알고 있는 최명석은 될 대로 되라는 얼굴이다.

사람들은 귀한 것일수록 나누려 하지 않는다. 그러나 퍼 주면 조금이라도 남겠지만, 움켜잡고만 있으면 모두 없어질 것이다.

그 이치를 이 마을 사람들은 몸으로 배우게 될 것이다.

"상혁 형은 진짜 태워버릴 기세인데요?"

최명석의 말에 강유진이 고개를 주억거렸다.

"그러게. 쟤는 목표를 세우면 좌우를 안 보고 달려. 그게 문제이긴 한데, 살아남는 데는 꼭 필요한 스킬이기도 하지. 영웅은 원래 비정하지 않냐."

"진짜 저럴 때 보면 유진 형보다 더 무섭다니까."

"내가 무섭냐?"

"솔직히 입장 바꿔서 형이 나라면, 형 같은 사람이 안 무섭겠수?"

"그래도 나는 상혁이처럼 막가파식은 아니잖냐? 재는 다른 사람이 모두 자기 방침을 따라 줘야 하잖아. 인생이 전쟁 같어."

"뭐 그런 면도 없지 않아 있죠."

최명석이 사람들 앞에 오연히 서 있는 안상혁을 힐끔거렸다. 그러고 보니 안상혁은 항상 전장(戰場) 한가운데 서 있는 느낌이다.

강유진이 분노했을 때만 폭발한다면, 안상혁은 일상생활 중에 아무렇지도 않게 날을 세우는 사람이다. 지금도 강유진은 마을 전부를 불살라 버리겠다는 생각을 하지 않는다. 그러나 전사(戰士)와 같은 안상혁에게는 그게 당연한 일이다.

"그런데 형은……."

최명석이 말끝을 흐렸다.

"나? 뭐?"

"불 지르게 내버려 둘 생각이에요?"

"상혁이에게 맡겼잖아. 게다가 우리에게 식량의 확보는 선택이 아닌 필수라고. 제한된 자원을 가지고 살아남아야 하는 마당에,

나에게 해코지 한 강도를 털어 먹는 건 신사적이라고 할 수 있지."

"하지만 다 불태우는 건 털어 먹는 행위가 아니잖아요."

"너는 상혁이에게 좀 배워야겠다. 제도권 안에서 혜택을 받으며 살다 보니 너무 교과서적이 됐어. 내가 볼 때 상혁이에게 불태우겠다는 건 목표가 아니라 수단이야. 쟤가 독한 면은 있지만 악당은 아니거든. 두고 보면 알게 될 거다."

"……."

최명석은 강유진이 어떤 생각을 하고 있는지 알 수 있었다. 집을 몇 채 태우면 식량이 나올 거라고 생각하는 것이다. 하지만 선뜻 그 생각에 동의하기 어려웠다.

"설마, 몇 집 태운다고 식량을 토해 내겠어요?"

최명석은 그런 점에 있어서는 부정적이었다. 분명히 쌀이든 밀이든 어딘가 저장 창고에 숨겨 뒀을 것이다. 집과 식량이 분리되어 있다면 괜히 몹쓸 짓만 하는 게 아닌가?

"상혁이는 자타(自他)가 공인하는 식량 수탈 전문가 아니냐? 나름의 노하우가 있으니까 저러겠지. 무턱대고 저러겠냐?"

"쩝, 그야 그렇지만……."

최명석의 걱정은 기우(杞憂)에 불과했다.

예고한 30분이 지나자 안상혁은 AK47을 앞세워 주택에 불을 질렀다.

마을에서 가장 부유해 보이는 집 세 채를 불태웠을 때, 이장은 더 이상 버티지 못했다.

이장이 안내한 지하의 곡물 저장 창고에는 전쟁 전 단위 농협에 납품했다던 쌀 200여 가마가 들어 있었다. 대전에 핵이 떨어지면서 무정부 상태가 되자 농민들이 농협 창고를 털어 되찾아 온 것이라고 했다.

안상혁은 약속대로 100가마를 압류했다.

하지만 100가마나 되는 쌀을 가지고 가는 것도 문제였다.

그날 밤늦게까지 고민했지만 쌀을 가지고 갈 방법이 떠오르지 않았다.

결국 강유진 일행은 마을 회관에서 하룻밤 묵어가기로 했다.

한번 기가 꺾인 이장은 알아서 밑반찬들을 내놓았다.

갓 지은 쌀밥에 김치와 몇 가지 반찬이 나오자 사람들의 입에서 웃음이 떠나질 않았다.

몇 달 만에 따뜻한 방바닥과 김이 모락모락 나는 쌀밥을 맛보게 된 사람들은 늦게까지 쉽게 잠을 이루지 못했다.

새벽이 되자 누적된 피로를 이기지 못하고 사람들이 하나 둘 잠이 들었다.

초저녁부터 재잘대던 하연이 잠이 들자 강유진은 바람을 쐬러 밖으로 나갔다.

그런 강유진의 뒤를 안상혁이 조용히 따랐다.

"넌 왜 안 자고 나왔냐?"

안상혁이 제 어깨를 가볍게 주무르며 답했다.

"그래도 동생인데, 형보다 먼저 자면 안 되지 않겠습니까?"

"요즘 세상에 뭘 그런 걸 따지냐? 명석이는 벌써 곯아 떨어진 것 같던데?"

"명석이는 신세대 아닙니까?"

"하하, 너도 그런 소리를 할 줄 아냐?"

강유진의 맑은 웃음소리가 울려 퍼졌다.

그러고 보니 안상혁은 혁명군 중좌 노릇을 했지만 본래 의사였다.

그의 강철 같은 카리스마에 자꾸만 그가 보통의 한국 남자였다는 사실을 잊게 된다.

"그런데 형님은 왜 안 주무시고 나오셨습니까?"

"마음이 불편해서."

"뭐 신경 쓰이는 일이라도 있습니까?"

"음, 뭐랄까, 이 마을은 뭔가 부자연스러운 느낌이 들지 않냐?"

"부자연스럽다고요?"

"그래, 처음에는 우리에게 여자를 내놓으라고 했다가, 밤에 습격을 했다가, 지금은 쌀을 내줄 테니 빨리 가달라고 하잖아."

"그야 싸움 상대가 못 되는 걸 알고 포기하니까 그런 게 아니겠습니까?"

"이 시골 마을에 AK47이 어울린다고 생각하냐?"

"전혀 안 어울리죠. 지나가던 여행자에게 강탈한 걸 겁니다."

"그래, 우리가 처음 대상이 아니었을 거야. 그렇지?"

"그렇겠죠."

안상혁이 고개를 끄덕였다.

마을 사람들의 언행은 확실히 한두 번 해서 생길 수준이 아니었다.

"산책 좀 해 볼까?"

"산책요?"

강유진이 천천히 마을 회관을 벗어났다.

안상혁은 그림자처럼 강유진의 뒤를 따랐다.

마을 중심부로 걸어가던 강유진이 피식 웃으며 말했다.

"상혁아, 우리 따라 오는 사람들 보이지?"

"예, 두 명이 붙었네요."

"저들은 왜 우리를 감시하는 걸까? 날이 밝으면 알아서 떠나 줄 텐데."

"글쎄요. 겁을 먹은 거 아닐까요?"

"겁이라."

강유진의 얼굴에 미소가 짙어졌다.

잠시 서서 뭔가 생각하는 듯하던 강유진이 다시 움직였다.

이리저리 방향을 바꾸던 강유진은 마을 외곽에 있는 한 집 앞에서 멈춰 섰다.

"여기 뭔가 있습니까?"

안상혁의 말에 대답이라도 하듯 남자 둘이 어둠 속에서 튀어나왔다.

남자들은 어색한 얼굴로 대문을 막아섰다.

그리고 눈에 띄게 건장한 체격의 남자가 나섰다.

"여기는 신 반장님 댁입니다. 무슨 일입니까?"

강유진이 담담한 표정으로 답했다.

"그 신 반장님 좀 만나 보려고. 왜? 만나면 안 되나?"

사내가 인상을 찡그렸다.

"너무 늦은 시간 아닙니까? 내일 날이 밝으면 신 반장님께 말씀드리겠습니다."

"지금 몇 시인데?"

강유진이 사내를 보며 빙글빙글 웃었다.

건장한 사내가 애매하다는 표정으로 강유진을 바라보았다.

귀신 같은 남자라는 소문이 있지만 그렇게 강해 보이지 않는다.

그 옆에 서 있는 호리호리한 남자도 마찬가지다. 자기 혼자서라도 해치울 수 있을 것 같다는 생각이 든다.

이런 사람들에게 마을의 형님들이 당했다는 게 믿어지지 않는다.

"왜? 한 주먹이면 끝날 것 같아?"

"아, 아닙니다."

남자는 일단 한 걸음 후퇴했다. 너무 태연한 상대의 행동에 조금 기가 눌린 것이다.

"쫄았냐?"

갑작스러운 강유진의 도발에 사내의 얼굴이 일그러졌다.

강유진이 사내의 얼굴 가까이에 자신의 얼굴을 들이밀었다. 그리고 다시 물었다.

"쫄았냐고?"

건장한 사내의 눈에 강유진의 연약한 어깨가 들어왔다. 손만 살짝 뻗어도 잡을 수 있는 위치다.

'이 씨벌 놈이…….'

사내가 자신도 모르게 손을 뻗었다.

그리고 벼락같이 강유진의 어깨를 움켜쥔 사내가 의기양양한 소리로 외쳤다.

"잡았다. 이 씨발 새끼!"

사내가 왼쪽 팔로 강유진의 목을 단단히 감싸 안았다.

그리고 오른손으로 강유진의 머리를 지그시 누르며 안상혁에게 말했다.

"너, 씨발 놈! 너도 움직이지 마! 그 총 이리 내."

안상혁은 미련 없이 AK47을 땅바닥에 내던졌다.

철커덕.

또 다른 일행이 재빨리 AK47을 잡았다.

"오케이! 잘했다! 이 개새끼들 이제 다 죽었어! 씨발!"

빼빼 마른 남자가 AK47을 들고 제자리에서 팔딱팔딱 뛰었다. 마치 AK47을 가지면 모든 상황이 종료되는 것처럼 보였다.

안상혁이 그런 남자를 보며 혀를 찼다.

"쯧쯧! 그렇게 좋아하는 줄 알았으면 진즉에 줄 걸. 말하지. 몰랐잖아."

AK47을 획득한 빼빼 마른 남자가 황당하다는 표정으로 안상혁을 바라보았다.

"뭐야? 이 병신은. 상황 파악이 안 되나 본데. 니들은 이제 좆됐다고. 새끼들아!"

…….

여전히 안상혁과 강유진은 태평한 얼굴이다.

두 남자는 협박이 먹혀 들어가지 않자 뭔가 찜찜하다는 표정을 지었다.

바로 그때였다.

강유진이 자신의 목에 감긴 사내의 손을 천천히 뜯어냈다.

마치 몸에 달라붙은 풀 조각을 떼어 내듯 자연스러우면서도 가차 없는 움직임이었다.

두둑. 뚝.

“으아악! 뭐, 뭐야! 씨발! 악!”

손가락과 팔의 관절이 부러져 나가자 건장한 사내의 입에서 비명이 터져 나왔다.

AK47을 든 사내는 그걸 보면서도 감히 총질은 하지 못했다.

둘이 너무 붙어 있어서 쏠 수가 없었던 것이다.

그러는 동안 강유진은 마치 지푸라기를 털어내듯 남자의 팔을 걷어냈다.

그 일이 끝나자 이번에는 AK47을 든 사내에게 고개를 돌렸다.

“헉!”

3-4미터의 거리를 두고 있지만 AK47을 든 사내는 저도 모르게 뒷걸음질 쳤다.

그런데 이게 웬일인가!

콰드득.

"끄아악!"

뼈가 부러지는 소리와 함께 자신의 손에서 AK47이 흘러내렸다.

사내는 축 늘어진 자신의 두 팔을 멍한 눈으로 내려다보았다.

멀쩡하던 양팔이 저 혼자 부러지다니?

"으으으……."

"으윽! 윽……."

강유진이 앓는 소리를 내고 있는 두 남자에게 말했다.

"문 열어라."

"……."

팔이 부러진 두 남자는 머뭇거리다가 발로 대문을 밀었다.

그러나 굳게 닫힌 대문은 미동도 하지 않았다.

"그래서 열리겠냐?"

어느 틈에 AK47을 회수한 안상혁이 대문에 발길질을 해 댔다.

콰앙. 쾅. 쾅.

철문 한가운데가 움푹 꺼져 들어갔다.

그제야 현관문이 열리며 오십 대 후반의 남자가 쭈뼛쭈뼛 밖으로 나왔다. 이 폐쇄된 산골 마을의 대표인 신 반장이라는 남자이리라.

"무슨 일이오?"

강유진이 신 반장을 지나쳐 집안으로 성큼성큼 걸어 들어갔다.

"왜, 왜 이러시오!"

놀란 신 반장은 저도 모르게 강유진의 어깨로 손을 뻗었다.

하지만 기이하게도 강유진의 몸은 만져지지 않았다.

대신 자신의 손바닥에 단단하게 전해져 오는 풍압(風壓)이 느껴졌다.

신 반장은 뒤늦게 약탈하러 떠났던 사람들이 한 말을 기억해 냈다.

"그자는 악마예요! 눈만 마주쳐도 사람들이 죽었다고요!"

신 반장은 슬그머니 손을 거둬들였다.

그리고 뒤쪽으로 시선을 던졌다.

어정쩡한 자세로 따라오고 있는 사촌들이 보인다. 마을 회관을 감시하라고 했는데 축 늘어진 양쪽 팔을 보니 모두 부러진 것 같다.

'망했다!'

신 반장이 똥 씹은 얼굴로 주변을 힐끔거렸다. 소용없는 줄 알면서도 달아날 구멍을 살피고 있는 것이다.

그런 신 반장의 등을 안상혁이 AK47로 쿡 밀었다.

화들짝 놀란 신 반장은 얼른 집안으로 걸음을 옮겼다.

현관 안으로 들어선 강유진은 망설이지 않고 부엌으로 향했다.

이윽고 강유진은 나무로 된 작은 문 앞에서 멈춰 섰다.

문은 어른 주먹만 한 커다란 자물쇠로 잠겨 있었다.

강유진이 신 반장을 힐끔 쳐다보았다.

"거, 거긴 저희 집 식품 저장 창고입니다. 그래서 자물쇠로 채워 두었습니다."

"식품 저장?"

"예, 예."

강유진의 얼굴에 기이한 미소가 떠올랐다.

"지금 분명히 식품이라고 했지요? 상혁아, 너도 들었지?"

"예, 들었습니다."

안상혁이 고개를 끄덕였다.

강유진이 신 반장을 지그시 보며 말을 이었다.

"강남에 피바다라는 강도단이 있는데 인육을 즐겨 먹는다고 하더라고요. 나는 아직 인육을 먹는 놈들을 본 적이 없는데, 상혁아, 너는 봤냐?"

"저는 좀 봤습니다."

"그래? 너는 봤구나. 그놈들 어떻게 됐냐?"

"총알도 아까워서 모두 참수(斬首)시켰습니다."

"참수? 잘했다. 그런 인간들에게는 총알도 아깝지. 그나저나 식품 창고면 여기에 이 집 식구들이 먹는 게 들었다는 말인데……."

강유진이 자물쇠를 움켜잡았다.

콰직.

마치 과자처럼 자물쇠가 부서졌다.

문이 천천히 열렸다.

지하로 내려가는 좁은 계단이 모습을 드러냈다.

강유진이 신 반장에게 먼저 들어가라는 듯 손짓을 했다.

하얗게 질린 신 반장이 쭈뼛거리며 지하로 내려갔다.

그 뒤로 강유진, 남자 둘, 그리고 마지막으로 안상혁이 지하 계단에 발을 내디뎠다.

지하실은 넓고 깨끗했다.

하지만 그 속에 있는 것은 신 반장의 말처럼 식료품만이 아니었다.

무려 열세 명이나 되는 여자들이 그 지하에 구금되어 있었던 것이다.

제2화

로망과 현실

쪼그리고 있던 여자들은 처음 강유진과 눈이 마주 쳤을 때 아무런 말도 하지 않았다. 그저 생기 잃은 눈으로 멍하니 바라보기만 했다.

그런 여자들에게 강유진이 물었다.

"저와 저 뒤쪽에 총을 들고 있는 남자는 이 마을 사람이 아니라 지나가던 여행자입니다. 우리에게는 50명이나 되는 일행이 있고요. 여러분은 이 마을 사람들입니까? 아니면 감금을 당한 상태입니까?"

샴푸 광고판에서 금방 튀어나온 것처럼 생머리를 길게 기른 여자가 중얼거렸다.

"그래서요? 우리를 구해 줄 수 있다는 건가요?"

"……."

강유진은 잠시 망설였다.

지하실에서 여자를 꺼내 줄 수는 있다. 그렇다고 그게 여자들을 구해 주는 것일까? 그건 아닐 것이다. 여자들이 원하는 것은 자유일까? 생존일까?

뒤에 서 있던 신 반장이 조심스럽게 말했다.

"저어, 그래도 저희들은 저 여자들에게 따뜻한 잠자리와 먹을 것을 주고 있었습니다. 갑자기 일이 커져서 임시로 여기에……. 별일이 없었으면 각자의 집에서 지내고 있었을 겁니다."

강유진이 여자들을 찬찬히 살폈다.

십 대부터 삼십 대까지 건강한 여자들이다. 임신을 했는지 배가 불룩한 여자도 둘이나 보였다. 마을 사람들에게 여자들이 어떤 의미인지 알 수 있었다.

안상혁이 담담한 어조로 말했다.

"이 여자들은 성노(性奴)가 분명합니다. 가족이었다면 가두어 두지 않았을 겁니다."

"서, 성노라뇨? 그런 건 아닙니다!"

신 반장이 억울하다는 듯 소리쳤다.

여자들이 그런 신 반장과 젊은 남자를 묘한 눈으로 바라보았다.

마을에서 절대 권력을 휘두르던 신 반장이 이십 대 사내의 눈치를 살피고 있었다. 고양이 앞의 쥐가 따로 없다. 여자들의 얼굴에 약간의 호기심이 떠올랐다. 그래도 아직은 호기심에 불과했다.

그녀들도 이 마을 밖의 세상이 어떤지 알고 있었다. 굶주림으로 사람을 잡아먹는 일이 비일비재(非一非再)하다. 비록 성노처럼 대우 받아도 이곳에서는 추위나 굶주림과 싸우지 않아도 된다.

강유진이 입을 열었다.

"일단 모두 밖으로 나가서 이야기하죠. 이런 곳에서는 길게 이야기 하고 싶지는 않군요."

이윽고 몸을 돌린 강유진이 신 반장에게 차갑게 말했다.

"식품이라고? 인육을 먹는 줄은 몰랐는데."

"아, 아닙니다. 절대 그런 건 아닙니다."

"흥! 우리가 빨리 떠나기를 바랍니까? 그렇다면 마을에 있는 손수레를 모두 회관 앞으로 가져오세요."

"100가마를 다 가져가시게요?"

"잘 아는군요."

"그런데 100가마를 다 가져갈 수는 있겠습니까?"

신 반장이 어색하게 웃으며 강유진을 바라보았다.

100가마를 가져간다고 했지만 저들 중에 남자의 숫자는 그리

많지 않았다.

"수레가 부족해서 다 가지고 가지 못한다면, 이곳에서 소비하고 갈 밖에요."

"예? 예, 예……."

신 반장이 질린 얼굴로 물러났다.

곧이어 신 반장은 두 사촌 동생에게 마을에 있는 손수레를 모두 모아 오라고 지시했다. 저 괴물의 일행과는 단 한시도 함께 있고 싶지 않았다.

신 반장의 집 앞마당에서 강유진은 여자들에게 말했다.

"아까도 말했지만 우리는 여행자들입니다. 수레가 준비되는 대로 떠날 생각입니다. 그러니 그 전에…… 남아 계실 분은 남아 계시고, 떠날 분은 떠나십시오."

여자들은 다급히 머리를 맞대고 회의를 했다.

긴 머리의 여자가 대표로 물었다.

"아이를 가진 사람들과 이곳에 정착하고 싶은 사람들이 몇 있네요. 떠나고 싶은 사람은 다섯인데……. 다른 마을에 도착할 때까지, 그쪽 분들을 따라가도 되나요?"

강유진이 고개를 끄덕였다.

긴 머리의 여자가 안도의 숨을 내쉬었다.

"하아! 그럼 우리 다섯은 당분간 그쪽 분들 일행을 따라갈게요."

긴 머리의 여자는 당분간이라는 말을 강조했다.

그리고 긴 머리 여자의 뒤로 십 대와 이십 대 여자 네 명이 모였다. 마치 어미 닭에게로 모여드는 병아리들 같았다.

남기로 한 여덟 명의 여자들이, 함께하지 못해 미안하다는 표정으로, 떠나기로 한 여자들과 인사를 나누었다.

그걸 보고 있던 강유진이 신 반장에게 물었다.

"여기 여덟 분의 집이 있기는 합니까?"

조마조마한 눈으로 지켜보고 있던 신 반장이 과장된 몸짓으로 답했다.

"어이쿠! 당연한 말씀을 하십니다. 원래 다 짝을 지어 살던 사람들입니다. 정말입니다. 거짓말이면 제가 벼락을 맞습니다!"

"그럼 이분들은 각자의 집으로 돌려보내십쇼."

"아, 예, 그렇게 하겠습니다."

신 반장이 여자들에게 다가가 헤픈 웃음을 지어 보였다.

"자자, 여기 이렇게들 서 있지 말고, 추운데 어서 집으로 가 봐. 어서 가라니까, 어서."

"……."

신 반장의 재촉에 머뭇거리던 여자들이 하나둘씩 살던 집으로 흩어져 갔다.

"그럼 우리도 이만 가 볼까요."

강유진이 마을 회관을 향해 앞장서 걸어갔다.

긴 머리의 여자가 강유진의 뒤를 종종걸음으로 따라붙었다.

"저어, 성함이 어떻게 되세요?"

"저는 강유진이고, 뒤에 오는 일행은 안상혁이라고 합니다."

"아, 네에, 저는 한소희라고 해요. 나이는 스물여섯."

"반갑습니다."

"그런데 우리들에 대해서 안 물어보세요?"

강유진이 한소희를 바라보았다.

여자들과 마을 사람들 간에 특별한 원한은 느껴지지 않았다. 그랬다면 감금에서 풀려나자마자 한바탕 소란이 일었을 것이다. 핵전쟁도 벌써 일 년쯤 전의 일이다. 생존한 사람들에게 사연이 없다면 오히려 이상한 일.

그래도 뭔가 하고 싶은 말이 있는 듯하니 묻지 않을 수가 없다.

"……어떤 분들이십니까?"

"……."

한소희가 떨떠름한 표정으로 강유진을 바라보았다. 완전히 엎드려 절 받기다.

"음, 뭐라고 해야 하나……. 우리는 식량을 구하기 위해 농촌으로 가던 중이었어요. 도시 사람들에게는 그런 로망이 있잖아요.

시골에는 항상 먹을 게 풍족하다!라는 환상. 그리고 시골 사람들은 인정이 많다!는 환상."

한소희는 어지간히 당했는지 '환상' 이라는 말에 힘을 실었다.

"그런 경향이 있죠."

강유진이 알겠다는 듯 고개를 끄덕였다.

"그런 환상 속에서 가족들은 다 죽었어요. 오가는 도중에 알게 된 사람들도 다……."

"그랬군요."

"이리저리 쓸려 다니다가 정신을 차리고 보니…… 여기에 있더라고요. 여긴 그래도 음식이 풍족해서 목숨의 위협은 없었어요."

"네에……."

짧은 탄식을 끝으로 강유진은 침묵했다.

강유진이 특별한 반응을 보이지 않자 한소희도 입을 다물었다.

눈앞에 마을 회관의 건물이 보인다.

강유진이 걷던 속도를 늦추었다.

뒤처져 따라오던 십 대 여자아이와 안상혁의 대화가 선명하게 들렸다.

"아저씨, 싸움 잘해요?"

"못해. 왜?"

"그 총이 AK47이죠? 맞죠?"

"그래. 어떻게 알았냐?"

"마을 사람들이 자랑을 엄청 했었거든요. 그거 하나 있으면 100명이 와도 끄떡없다고 했는데. 아저씨 일행이 100명쯤 되나요?"

"아니, 50명 정도 되는데?"

"아, 그렇구나. 그 아저씨가 뻥친 거였구나. 50명에게 빼앗겼으면……."

"……."

"혹시 아저씨들이 싸움을 잘해서 뺏은 거예요?"

"싸움에 관심이 많네?"

"동행하는 사람이 싸움을 잘해야 보호받을 수 있으니까요."

"가족들은?"

"폭격으로 죽었어요."

"……."

"아저씨, 싸움 잘해요?"

"못한다고 했다."

계속되는 두 사람의 대화를 듣고 있던 강유진이 피식 웃고 말았다.

한소희가 그런 강유진을 보며 궁금한 듯 물었다.

“그런데 어떻게 했기에 그 무서운 신 반장이 꼼짝을 못 해요? 쌀도 100가마나 주기로 했다면서요?”

“차차 알게 될 겁니다.”

강유진이 현관문을 열었다.

문을 열자 실내의 온기가 밖으로 뿜어져 나왔다.

한소희와 네 명의 여자들은 마을 회관의 온기에 놀라 눈을 휘둥그렇게 떴다.

안상혁이 한쪽 구석으로 다섯 명의 여자들을 안내했다.

“적당히 자리를 잡고 쉬면 됩니다.”

한소희가 의아한 얼굴로 물었다.

“이것으로 끝인가요?”

“네. 뭐가 더 있어야 하나요?”

“아뇨, 저는…….”

한소희는 우물쭈물 말을 잇지 못했다.

사실 한소희는 강유진과 안상혁이 아무것도 원하지 않는다는 사실에 당황하고 있었다. 다섯 명 가운데 마음에 드는 사람을 골라 함께 잠자리를 할 것이라고 생각했다. 자유의 대가로 그 정도는 아무것도 아니다. 그런데 이대로 끝이라니? 왠지 허탈하기까지 하다.

안상혁이 가볍게 목례를 해 보인 후 자리를 떠났다.

곧이어 한소희의 주변으로 네 명의 여자들이 모여들었다.

안상혁에게 싸움을 잘하냐고 묻던 박미경이 방바닥을 쓰다듬으며 말했다.

"근데 언니, 여기 기름 보일러 맞지?"

"그럴걸, 왜?"

"기름 떨어진 지 오래잖아. 그래서 마을에서 창고로 쓰던데. 지금은 바닥이 절절 끓어."

단발머리의 이경희가 바닥을 더듬으며 중얼거렸다.

"그러게? 기름을 구했나?"

"보일러 배선이 얼어서 터졌을 텐데?"

"그런가?"

이경희가 고개를 갸웃거렸다.

그러자 여자들 중 나이가 제일 많은 유미란이 나른한 음성으로 말했다.

"아무려면 어때, 따뜻하면 그만이지."

"하긴……."

여자들의 웅성거림은 오래가지 못했다.

몇 달 만에 느끼는 따뜻한 온기에 몸이 풀어지고 만 것이다.

재잘대던 다섯 명의 여자들은 이내 깊은 잠 속으로 곯아떨어졌다.

여자들이 잠잠해지자 안상혁은 강유진을 찾아 밖으로 나갔다.

강유진은 회관 앞 공터에 우두커니 서서 하늘을 바라보고 있었다.

그 모습을 보고 있자니 만감이 교차했다.

“무슨 생각을 하십니까?”

“정령들은 나에게 여행자의 운명이라고 했다.”

“여행자요?”

“그래, 여행자.”

“떠돌아다닌다는 뜻인가요?”

“뭐 비슷하겠지.”

“……우리가 정착할 수 있을까요?”

안상혁에게 그것은 중요한 문제였다. 강유진을 따르는 무리가 50명이 넘는다. 평생 그들과 유랑을 할 수는 없지 않은가!

“좋은 곳이 있다면 가능하겠지.”

강유진이 씁쓸한 눈으로 마을 회관을 바라보았다.

“아…….”

그제야 안상혁은 강유진이 여행자의 운명이라고 한 말을 떠올렸다. 그런 강유진에게 정착할 곳을 묻다니 자신의 실수다.

힐끗 강유진의 얼굴을 보니 허허로워 보인다.

안상혁은 저도 모르게 다짐했다.

"어디를 가시든 끝까지 따라가겠습니다."

갑작스러운 안상혁의 말에 강유진은 피식 웃었다.

"마음만이라도 고맙다."

"진심입니다."

"알아."

강유진이 고개를 끄덕였다. 그러나 안상혁은 모를 것이다. 자신의 여행이 무엇을 의미하는지 말이다.

'물론 나도 확실히 아는 건 아니지만.'

한동안 말이 없던 두 남자는 잠시 후 마을 회관으로 들어갔다.

*　　*　　*

날이 밝았다.

신 반장과 마을 사람들은 어지간히 강유진 일행이 싫었던지 리어카 4대에 쌀 100가마를 실어 왔다.

사람들을 인솔해 온 신 반장은 강유진이 다른 소리를 할까 봐 연신 눈치를 살폈다. 십여 명이나 되는 마을 장정들도 강유진과 시선을 마주하려 하지 않았다.

강유진은 마을 회관에서 나온 일행을 둘러보았다. 노인을 포함해 성인 남자가 19명이다. 그 정도면 4대의 리어카 정도는 감당할 수 있을 것이다.

옆에서 안상혁이 중얼거렸다.

"생각보다 양이 많지 않네요. 저 정도면 가져갈 수 있을 것 같습니다."

"그래, 네가 잘 맡아 봐라."

강유진의 말에 안상혁이 알았다며 앞으로 나섰다. 이리저리 떠돌던 혁명군 시절을 생각하면 못 할 것도 없다.

안상혁은 남자들을 4개 조로 나누고 리어카를 하나씩 맡겼다.

너무 늙거나 병든 사람을 빼니 수레 하나를 4명 정도가 맡게 됐다.

대충 정리가 끝나자 강유진은 마을을 떠났다.

신 반장의 사촌 동생 신만용이 멀어져 가는 수레를 보며 말했다.

"형님, 저 새끼들 죄다 얼어 죽거나, 눈길에 한두 개는 버리고 갈 겁니다."

"그렇겠지. 몇 사람 데리고 따라가 봐."

"따라가기만 합니까?"

신만용의 눈이 흉흉하게 빛났다.

"허튼짓 하지 말고, 따라가기나 해. 상대는 악마야."

"알겠습니다, 형님. 그런데 담력이 많이 약해지셨네요. 상대가 악마든 뭐든 쌀이 떨어지면 우리도 죽습니다."

"알아, 그래도 저 인간은 아니야. 괜히 나대지 말고 지켜보기나 해. 이삼일 따라가 보고 안 되겠다 싶으면 그냥 돌아와. 무리하지 말고."

"이삼일요?"

"그래, 너무 멀리 가지 말란 말이다."

신 반장은 쌀에 대한 미련이 남아 가 보라고 하는 것뿐이었다. 혹시라도 저들이 리어카 하나쯤 버리고 간다면 회수해 올 생각으로 말이다.

"알겠슴다."

곧이어 신만용은 자기를 잘 따르는 동생 둘을 따로 골랐다.

모두 동네에서 꼴통이라고 소문이 난 삼십 대 남자들이다. 신만용은 '이런 일에 너무 머리를 굴리는 사람은 필요 없다' 고 생각했다.

상대에게 한 번 당했다고 악마니 귀신이니 해 대니 시골 놈들 무식하다는 소리가 나오는 게다.

열 대를 맞더라도 한 번 찔러 주는 근성으로 가는 게 남자가 아닌가!

신만용은 동생들과 함께 칼과 적당량의 식량을 챙겼다.

마을에서 나가자마자 신만용이 호들갑을 떨었다.

"징하다! 이 무식한 새끼들! 아예 길을 만들면서 갔네?"

동행한 두 명의 사내들 역시 황당한 표정으로 바닥을 바라보았다.

리어카가 지나갈 적당한 넓이로 눈이 다져져 있다. 십여 분의 시간 차이가 나서 서둘렀는데 이 꼴을 보니 그럴 필요가 없을 것 같다.

"이 새끼들, 공짜 쌀에 눈이 멀어서 체력 소모는 생각지도 못하고 있구먼. 아주 가다가 다 죽을 기센데?"

"그러게 말입니다. 제대로 미친놈들인데요."

마을 최고의 꼴통으로 소문난 박문신도 혀를 내둘렀다. 허리까지 쌓인 눈에 보란 듯이 길을 내며 가다니? 이 정도의 노가다면 하루에 1킬로미터도 가지 못할 것이다.

30분 정도 쉬지 않고 부지런히 발을 놀리니 멀리 50여 명의 사람들과 리어카 4대가 보였다.

신만용은 동생들에게 너무 가까이 다가가지 말라고 주의를 줬다. 사방이 눈이라 상대의 눈에 들킬까 염려가 되었던 것이다. 어차피 길이 확실하게 닦여 있어 뒤를 쫓는 데는 문제가 없었다.

신만용은 저들과 5분 정도의 거리를 두기로 했다.

그러나 마을을 벗어난 지 사흘째 되던 날 아침, 신만용은 리어카를 놓치고 말았다.

"이런 시벌! 지금 뭐 하자는 거냐고!"

신만용이 하늘을 향해 악다구니를 쓰며 삿대질을 했다.

펑펑 쏟아지는 눈에 길이 묻혀 버린 것이다. 눈 자체는 많이 내리지 않았지만 문제는 바람이다. 바람에 눈이 쓸려 와 잘 닦여져 있던 길을 덮어 버렸다.

신정호가 굳은 표정으로 말했다.

"형님, 돌아가야 할 것 같은데요?"

"그래야 할 것 같습니다. 먹을 것도 사나흘 치 정도밖에 없어서……."

악과 깡으로 산다는 박문신조차도 은근 겁을 먹은 얼굴이다.

"리어카가 가던 방향이 이쪽이지?"

"그럴 겁니다."

박문신이 자신 없는 소리로 답했다.

"그럴 겁니다는 뭐냐? 어제 자기 전까지 확인했잖아."

"사방이 눈으로 덮여 방향을 모르겠습니다."

“에라, 이…….”

신만용은 저도 모르게 욕을 하려다가 말았다. 사실 자신이 동생들에게 물은 것도 같은 이유에서다.

“쪽팔려서 이대로는 못 가겠다. 한 시간만 찾아보고 가자. 눈이 와서 힘든 건 리어카도 마찬가지 아니겠냐?”

“예…….”

“한 시간만입니다.”

“그래 인마. 너희들도 두 눈 부릅뜨고 열심히 잘 찾아. 그게 어떤 쌀인데…….”

신만용은 농협 창고에서 쌀을 훔치다가 죽은 사람들을 떠올렸다. 자그마치 마을 남자 다섯이 목숨을 잃었다. 그들 대부분이 사촌들이다.

한 시간이 두 시간이 되었지만, 리어카가 간 방향은 알 수 없었다.

그리고 진눈깨비가 흩날리기 시작했다.

“젓 됐다. 돌아가자.”

결국 2시간 30분 만에 신만용은 리어카 수색을 포기했다.

이윽고 셋은 말도 없이 약속이나 한 듯 한쪽 방향으로 걸었다.

허리까지 쌓인 눈을 헤치며 걷느라 세 사람은 아무 말도 하지 못했다.

리어카를 찾겠다고 사방으로 뛰어다닌 탓에 지쳐서 말할 기력도 없었다.

한 시간쯤 지났을까?

걷다가 지쳐 잠시 엉덩이를 바닥에 붙였을 때 박문신이 물었다.

"형님, 이쪽이 맞죠?"

"그걸 왜 나에게 물어? 난 니들이 가는 거 보고 따라 간 건데."

"저는 형님을 따라간 건데요?"

"저도요."

신만용이 황당한 눈으로 두 동생들을 바라보았다.

"뭐? 야! 이, 미친 새끼들아! 방향 정도는 확인해 보고 가야 하잖아! 그리고, 내가 앞에 있던 것도 아닌데 왜 나를 따라왔다고 그래? 문신이 네가 제일 앞에 있었잖아!"

"뭔 소리예요? 그거야 조금 전이고요, 출발할 때 분명히 형님이 앞에 있었다고요."

"문신이 말이 맞습니다. 저도 형님이 앞에 가는 거 보고 따라 간 겁니다. 그런데 길을 모르고 간 거였습니까? 모르면 모른다고 해야지 막 가면 어떻게 합니까?"

"와아! 이 새끼들이 생사람 잡네!"

신만용은 주먹까지 말아 쥐고 부들부들 떨었다. 그러나 그렇다고 이 자리에서 둘을 팰 수는 없었다. 세 사람 모두 지금까지 사람을 여럿 죽였다. 홧김에 손발을 잘못 놀리다가 오히려 저 둘에게 살해당할 수도 있다. 자신도 지랄 맞지만, 저 둘 역시 화가 나면 대책이 안 서는 꼴통들이었다.

화가 나도 지금은 참아야 했다.

신만용은 분노가 가라앉을 때까지 입을 다물었다.

화가 진정되었을 때는 체온도 한참 떨어진 상태였다. 신만용은 서둘러 자리에서 일어섰다. 생각만큼 몸이 민첩하게 따라 주지 않았다.

불길한 느낌을 떨치기 위해 신만용은 애써 밝은 얼굴로 말했다.

"춥다. 빨리 돌아가지 않으면 큰일 나겠다. 오래 헤맨 것도 아니니까 이제부터라도 잘 가면 된다. 어느 쪽 같냐?"

박문신과 신정호가 동시에 다른 방향을 가리켰다.

신만용이 인상을 찡그렸다.

두 사람이 서로 다른 방향을 가리킨 것이다. 설상가상으로 자신은 그 둘과 전혀 다른 방향에 마을이 있을 것이라는 생각이 든다.

신만용의 입에서 한숨이 흘러나왔다. 의심의 여지 없이 세 사람은 완전히 길을 잃었다.

길을 잃었다고 생각하자 추위가 더 무섭게 느껴진다.

"아무래도 길을 잃은 것 같다."

"형님, 어차피 좁은 땅덩어리 아닙니까? 가다 보면 어느 마을이라도 나올 겁니다. 일단 쉬었다가 다시 가는 것으로 하죠?"

박문신은 자신들의 마을에서 외부인들을 어떻게 대했는지는 생각하지 않고 다른 마을이라도 찾자고 했다.

그나마 머리가 잘 돌아가는 신만용은 다른 마을이 무서웠다.

하지만 이대로 서서 얼어 죽기를 기다릴 수도 없었다.

결국 신만용은 두 동생들과 함께 한쪽 방향으로 직진해 보기로 했다.

그러나 세 사람은 5시간 만에 쓰러지고 말았다.

체력이 완전히 고갈되고 만 것이다.

눈밭에 길게 드러누운 신만용이 기가 막힌다는 듯 소리쳤다.

"아! 죽겠다. 씨발, 여기가 무슨 히말라야냐? 왜 이렇게 힘이 들어?"

"헉! 헉! 저도 더는 못 움직이겠습니다. 경기도 졸라 넓네요? 가도 가도 끝이 없어……."

박문신이 신만용의 곁에 주저앉았다.

그런 두 사람을 지나쳐 걷던 신정호는 열 걸음을 못 가 픽하고 쓰러졌다.

멍하니 회색 하늘을 응시하고 있던 신만용이 물었다.

"그런데 그 인간들은 어떻게 리어카까지 끌고 갔지?"

"몰라요. 생각하고 싶지도 않습니다. 좀 쉬죠."

“그래, 좀 쉬자……. 만사가 귀찮다.”

…….

급격히 밀려오는 피로감에 신만용은 몸을 추스르지도 못하고 잠시 졸았다.

다시 진눈깨비가 흩날렸다.

신만용은 눈송이 몇 개가 콧구멍으로 들어오는 바람에 잠에서 깼다.

뒤늦게 얼핏 정신을 차린 신만용은 일어서려고 했다.

그런데 조금도 움직일 수가 없었다.

너무 지쳐서 그런가 보다 생각한 신만용은 옆에 있던 박문신을 불렀다.

“……야 인마, 나 좀 일으켜 봐.”

“…….”

잠이라도 든 것일까?

옆에 웅크리고 앉아 있는 박문신은 대꾸도 하지 않았다.

“야, 새끼야……. 이런 데서 자면…… 죽는다고. ……일어나!”

“…….”

박문신은 여전히 답이 없고, 신만용은 만사가 귀찮아졌다.

신만용이 마지막으로 생각한 것은 ‘마을에 돌아가서 뭐라고 변명을 하지?' 하는 것이었다.

세 사람의 시체 위로 눈이 조금씩 쌓여 갔다.

*　　　*　　　*

드드드드.

둔중한 소리와 함께 땅이 흔들렸다.

눈길 위를 걸어가던 사람들은 잠시 멈췄지만 크게 동요하지는 않았다. 지진이 열흘에 한 번 꼴로 일어나니 익숙해진 것이다.

지진의 여운이 가라앉자 사람들은 다시 걷기 시작했다.

한소희가 유미란의 곁으로 다가갔다.

"언니, 참 신기하지 않아요?"

"응? 뭐가?"

유미란이 다시 가방을 집어 들며 한소희를 바라보았다.

"이 길이요, 참 잘 닦여져 있잖아요. 저 앞쪽에서 남자들이 눈을 치우면서 가는 걸까요?"

"그렇겠지?"

유미란이 앞쪽으로 시선을 던졌다.

일행을 이끄는 선두 그룹이 보인다. 그들은 리어카로부터 삼십 미터 정도 앞에 있었다. 물론 그들이 눈을 치우는 것 같지는 않다.

가는 방향으로 눈이 정리되어 있는 걸 보면 선두 그룹 앞에 한 팀이 더 있는 것 같다. 그들이 제설 도구로 길을 정비하는 것이리라.

그게 허무맹랑한 추측이라는 걸 알지만 그것 외에는 설명할 길이 없다.

"밤에는 불도 피워 주잖아요. 휘발유인지 석유인지는 몰라도 참 따뜻하고 좋더라고요?"

"뭐 일단 장작불은 아닌 것 같더라."

유미란이 고개를 주억거렸다.

누가 나무를 주우러 다니는 걸 본 적도 없고, 주워 오라고 시키는 사람도 없다. 그래도 밤마다 불이 활활 타오르고 있으니 신기할 뿐이다.

"근데 언제까지 이 사람들하고 다닐 거예요?"

한소희의 물음에 유미란은 피식 웃었다.

처음 마을을 떠나기 전에 여자들 다섯은 다짐을 했다. '우린 헤어지지 말자. 인정이 넘치는 마을을 발견할 때까지 이 사람들하고 함께 움직이자.' 그런데 아직 인정은 둘째치고 아직 다른 마을 자체를 만나지 못했다. '이 사람들이 고의로 마을을 피해 가고 있는 게 아닐까?' 생각될 정도다.

"왜? 이 사람들하고 빨리 헤어지고 싶어서?"

"그건 아니고요."

한소희가 고개를 저었다.

솔직히 처음에는 —물론 근거 없는 믿음이다— 어디를 가도 환영을 받을 수 있을 거라고 생각했다. 일단 남자가 없으니 상대가 경계를 하지 않을 것이다. 게다가 여자들 모두 착하고 봐줄 만한 얼굴이다. 어디를 가도 거부당하지 않을 나름의 조건을 갖추고 있지 않은가?

"여기 사람들이 마을을 피해 다니는 건 아닌가 하는 생각이 들어서요."

"왜?"

"그렇지 않으면 이렇게 마을을 못 만날 리가 없잖아요? 우리가 마을을 떠난 지 2주가 지났어요. 그런데 아직 다른 마을을 못 만났다니? 이상하지 않아요?"

"그만큼 살아가기 어렵다는 뜻이 아닐까?"

"하긴……."

한소희는 금방 수긍했다.

확실히 사람이 살기에 좋은 환경은 아니다.

"그런데 이 사람들은 어디로 가고 있는 걸까요?"

"나도 몇 번 물어봤는데 다들 모르더라고."

"정말요?"

"응."

유미란이 고개를 끄덕였다.

쌀이 실린 리어카를 끄는 남자들조차도 자기들이 어디로 가는지 몰랐다. 그들은 한결같이 살기 좋은 곳을 찾는 중이라고만 했다.

"겁나네. 목적지도 없이 헤매다니…… 이러다가 객사하는 거 아니에요?"

"그 전에 다른 마을을 발견하기를 빌어야지."

"완전 운에 맡기고 살아가는 중인 건가……."

한소희가 중얼거렸다.

"이해는 돼. 정착을 하나 밖으로 떠도나…… 희망이 없기는 마찬가지니까."

"희망 없이 떠도는 것치고는 사람들 표정이 밝지 않아요?"

잠시 주변을 살피던 유미란이 한소희의 귓가에 속삭였다.

"내 느낌인데 이 사람들 약간 사이비 종교 집단 같더라고. 그러니 밝아 보이는 걸 거야."

"어머! 사이비요? 그걸 어떻게 알았어요?"

"자기들 리더를 '가브리엘님'이라고 부르는 걸 들은 적이 있거든."

"그냥 천주교 사람들일 수도 있잖아요?"

"그런 정도가 아니었다니까. 너도 잘 살펴봐. 그럼 무슨 소린지 알 수 있을 테니까. 교주가 따로 없어."

"정말요? 알았어요. 주의해서 볼게요. 사이비면 안 되는데……."

한소희는 어딘지 실망스러운 얼굴이다.

멸망한 세계에서 사이비 종교만큼 위험한 것도 없다. 그들은 사람을 죽이는 것은 기본이고, 종종 그럴듯한 이유를 들어 사람을 잡아먹기까지 했다. 그게 아니라면 집단 자살로 끝을 맺었다. 그들은 그렇게 죽이거나 죽거나 하는 것으로 최후의 시간을 보냈다.

"와우! 이천시네요!"

최명석이 휘어져 있는 쇠기둥을 가리켜 보였다. 잔뜩 구겨진 도로 표지판이 붙어 있었다.

강유진은 '이천 15Km'라고 적힌 우그러진 표지판을 묵묵히 바라보았다. 남쪽으로 가고 있다고 생각했는데 동남쪽으로 비스듬히 내려온 모양이다.

아무래도 상관없다는 듯 담담한 강유진과 달리 안상혁의 표정은 밝았다.

"다행히 대전으로 가고 있지는 않았던 모양입니다."

다행이라고 할 정도로 안상혁은 대전을 꺼리고 있었다.

그리고 그건 최명석도 마찬가지였다.

"확실히 그쪽은 피하는 게 좋아요. 동해안을 타고 내려가는 게 좋겠죠? 이왕 남쪽으로 간다면?"

최명석이 동의를 구하는 얼굴로 강유진을 보았다.

'아!'

그제야 강유진은 남쪽으로 간다고 했을 때 두 사람이 머뭇거리던 이유를 알았다. 이들은 방사능을 두려워하고 있었다. 이들과 비교하면 자신은 방사능에 대한 공포가 거의 없는 편이었다. 전쟁이 끝난 뒤에 다른 사람에게 전해 들은 탓이다.

전쟁을 경험한 사람들과 자신이 생각하는 대전의 차이는 거기에 있었다.

"좋은 생각이다. 남쪽을 고집할 것도 없다. 강원도가 산이 깊어서, 의외로 좋은 곳이 남아 있을 수도 있으니까."

물론 그곳에도 정착할 곳이 없다면 최명석의 말대로 바다를 끼고 남하해도 된다.

강원도로 목적지를 수정하자 발걸음이 빨라졌다. 강원도는 대전 이남에 비하면 바로 코앞이라고 해도 과언이 아니었다.

목표 지점이 가까워지자 최명석과 안상혁의 눈에도 생기가 돌았다.

솔직히 두 사람은 강원도에 정착하기를 바랐다.

중부 내륙을 관통하는 것은 힘도 들지만, 방사능의 위험에 노출

될 수도 있다. 방사능 수치를 계측할 수 있는 장비도 없는 지금 중부 내륙은 피하는 게 현명했다.

제3화

신(神)들의 도시

강유진 일행이 이천 시내에 접어든 것은 어둑어둑해질 무렵이다.

최명석은 사람을 찾아 쉬지 않고 고개를 두리번거렸다.

그러나 폭격으로 파괴된 건물의 잔해 외에 딱히 사람들의 흔적은 보이지 않았다.

결국 아무것도 찾지 못하고 수색을 포기하려 할 때였다.

멀리서 한 줄기 연기가 피어올랐다.

조금 더 어두웠더라면 보지 못했을 정도로 가늘고 희미한 그것은, 밥 짓는 연기 같았다.

"형님!"

최명석이 가까이 있던 안상혁에게 연기를 가리켜 보였다.

연기를 확인한 안상혁이 최명석에게 말했다.

“우리가 가장 걱정해야 하는 것은 사람이다. 잊지 마라.”

“걱정 붙들어 매세요.”

호쾌한 대답과 함께 최명석이 권총이 들어 있는 제 앞가슴을 가볍게 두드렸다.

안상혁은 그래도 안심이 안 된다는 듯 주위를 몇 번이고 다시 살폈다.

처음 마을은 우호적이거나 평화적이라는 단어와는 거리가 멀었다.

이 도시의 사람들은 어떨까? 무장은 어느 정도나 되어 있을까? 돌발적인 상황이 벌어진다면 하연이와 임지연 박사를 지킬 수 있을까?

안상혁은 저도 모르게 힐끗 뒤를 돌아보았다.

강유진이 그의 딸 하연과 정답게 이야기를 나누고 있는 모습이 보였다.

최명석과 친해졌을 때, 과거 강남에서 왜들 옷을 벗고 뛰었냐고 물은 적이 있다. 그때 최명석은 국가가 강유진에게 어떤 짓을 했는지 가르쳐 주었다.

그런데 한미 연합군에게 핵 공격을 받고도 멀쩡한 모습으로 다시 나타났다니!

놀랍지만 페로제도에서 있었던 일을 생각하면 그럴 수도 있겠다 싶다.

안상혁은 사방을 경계하며 연기가 보이는 방향으로 나아갔다.

연기는 한 줄기가 아니었다.

처음 한 줄기를 시작으로 곳곳에서 무수히 많은 연기가 피어올랐다. 그것은 가냘프기는 해도 분명히 밥을 짓는 연기였다.

강유진이 문득 걸음을 멈추었다.

길이 제법 정리되어 있다.

이렇게 정리된 눈은 강남을 떠난 이후로 처음이다.

진눈깨비는 시도 때도 없이 흩날렸고 사나흘에 한 차례씩은 폭설에 가까운 눈이 내렸다. 그런데 언제부터인가 길이 정비되어 있었다. 내 집 앞 눈도 안 치우던 시민의식을 생각하면 의외라고 할 수 있다. 누군가 강력한 힘으로 도시를 이끌고 있는 것인지도 모른다.

잠깐 동안 강유진은 그 누군가가 이성적이고 합리적인 사람이거나, 그런 집단이기를 바랐다.

그러나 그렇지 못할지라도 자신과는 별 상관이 없었다.

강유진은 10여 미터 앞쪽에서 눈을 밀어내던 정령 벤투스를 돌려보냈다.

도시 사람들이 정비한 길로 접어들면서 넓게 다져져 있던 길이 조금씩 줄어들었다.

반파된 건물들과 그 사이로 오가는 사람들의 얼굴이 구별될 거리까지 다가갔을 때다.

"멈추시오!"

간결한 외침과 함께 이십여 명의 무장한 남자들이 나타났다.

그들은 무장의 수준이나 머릿수로 따져 볼 때 훨씬 우세해 보였지만, 강압적으로 나오지 않았다.

인솔자로 보이는 중년인이 부드러운 미소를 지으며 말했다.

"당신들은 누구며, 어디로 가는 중입니까?"

안상혁이 한 걸음 나서며 답했다.

"우리는 서울에서 떠나온 피난민들입니다. 지금은 사람이 정착해서 살 만한 땅을 찾아 떠도는 중입니다."

"내 이름은 이동민, 성도(聖都) 제2 경비대의 대장이오. 당신들은 모두 같은 일행입니까?"

경비대장 이동민이 턱으로 뒤쪽에 보이는 오십여 명의 무리를 가리켜 보였다.

"그렇습니다."

"애매하군요."

경비대장 이동민이 혼잣말처럼 중얼거리며 턱수염을 매만졌다.

"실례지만 뭐가 애매하다는 것인지 알 수 있겠습니까?"

아무래도 자신들 일행을 두고 하는 말 같아서 안상혁은 묻지 않을 수 없었다.

"아, 사람들이 많아서 어떻게 처리해야 하나 애매하다는 뜻이었습니다. 그냥 바로 지나가는 건지, 며칠 머무를 것인지, 아니면 이곳에 정착하려고 온 건지 알 수가 없는데……. 한두 명이라면 내버려 둬도 별일 없을 텐데, 오십이 넘는 인원은 통제하기가 쉽지 않아서 말입니다."

"아, 혹시 통제하는 문제 때문이라면 염려하지 않으셔도 됩니다. 우리는 모두 같은 목적으로 모인 사람들인지라, 문제를 일으키거나 제멋대로 행동하지는 않을 겁니다."

"당신이 이 무리의 인솔자입니까?"

경비대장 이동민의 물음에 안상혁은 웃으며 강유진을 가리켜 보였다.

"굳이 인솔자라고 하면 이분이 우리 무리의 대표라고 할 수 있습니다."

안상혁의 소개에 강유진이 가볍게 목례를 해 보였다.

"강유진이라고 합니다."

경비대장 이동민이 조금 의외라는 눈으로 강유진의 인사를 받았다.

"오호! 상당히 젊어 보이는데 어려운 일을 맡으셨군요. 제2 경비대장 이동민입니다."

"예, 잘 부탁드립니다."

"하하, 저에게 잘 보여도 소용없습니다. 저는 성도를 지키는 파수꾼에 불과하니까요."

계속된 성도라는 말에 최명석이 호기심을 참지 못하고 물었다.

"저어, 대장님, 그런데 이곳을 성도라고 하는 것 같던데, 제가 바로 들은 건가요?"

"아! 여러분들은 아직 소식을 듣지 못했군요. 과거 이곳은 이천으로 불렸습니다. 그런데 일 년 전부터 거룩한 도시, 즉 성도로 이름이 바뀌었습니다."

"혹시 기독교 계통의 분들이 모여서 만든 도시인가요?"

본래 잡다한 쪽으로 관심이 많던 최명석이 슬쩍 넘겨짚었다. 거룩한 도시니 성도니 하는 말들은 주로 기독교에서 사용하는 것이라고 알고 있어서다.

순간 경비대장 이동민의 안색이 살짝 어두워졌다.

"아닙니다. 우리는 그런 외국 종교와는 관계가 없습니다."

"아, 그러시면?"

"순수하게 한민족의 종교입니다. 환인(桓因)님의 아들이신 한얼님께서 세상을 구원하기 위해 강림하셨습니다. 이곳은 그분을 믿고 따르는 사람들이 모여 사는 곳입니다. 물론 전부 다 믿음이 있는 것은 아닙니다만……."

경비대장 이동민이 살짝 말끝을 흐렸다.

"제가 잘 몰라서 그런데 한얼님이란 분은 어떤 분입니까? 신인가요? 아니면 우리 같은 사람인가요?"

최명석의 물음에 답한 사람은 다른 사람이었다.

경비대장 이동민의 곁에 서 있던 삼십 대 초반의 남자가 웃으며 답했다.

"한얼님은, 굳이 비교하자면 기독교의 예수와 비슷한 분이십니다. 사람의 몸으로 오셨지만 천제(天帝)인 환인님의 아들이니까요."

"아, 환인님의…… 아들……."

최명석은 어색한 미소를 지으며 환인의 아들이라는 말을 읊조렸다.

'응? 환인의 아들은 환웅이 아닌가?'

그런 최명석의 생각을 짐작한 듯 사내가 설명을 곁들였다.

"환인님의 아들인 환웅님의 형님이십니다. 이해를 돕기 위해 인간의 촌수로 따지자면 단군(檀君)의 큰아버지뻘 되시지요."

"아! 그렇군요. 흐음……."

최명석은 웃음을 참기 위해 혀를 물어야 했다.

단군의 큰아버지가 살아서 이 도시를 다스리고 계시다니 그저 놀라울 따름이다.

그런 최명석의 태도가 눈에 거슬렸는지 남자가 다시 말했다.

"한얼님께서는 자비로우시지만 불의한 일은 참지 않으십니다. 그분이 보여주신 기적은 일일이 설명하기 어려울 만큼 많습니다. 이곳을 성도라고 부르는 것은 그분께서 이 도시의 얼어붙은 땅을 녹이셨기 때문입니다. 인간이 살아남을 수 있도록 배려해 주신 것이지요."

"땅을 녹이셨다는 말씀은 설마…… 이곳에 얼지 않은 땅이 있다는 말씀인가요?"

최명석은 물론 안상혁까지도 눈을 휘둥그렇게 떴다.

기본적으로 인간의 생존이 위협받고 있는 것은 경작지가 없는 까닭이다. 계속된 혹한의 날씨로 땅이 얼어 씨를 뿌릴 수 없었던 것이다.

그런데 땅이 얼지 않았다니! 그 소식이야말로 살아남은 인류에게 복음이 아닐 수가 없다.

"성도 전부는 아니지만 특별히 한얼님께서 허락하신 약속의 땅은 얼지 않았습니다. 우리 한얼교 신자들은 그곳을 성지(聖地)로 부르고 있습니다."

가만히 듣고 있던 안상혁이 물었다.

"그런데 한얼님에게 다른 땅을 녹일 계획은 있습니까? 우리에게는 상당히 중요한 문제인지라……."

"세상에 거저 얻어지는 것은 없습니다. 한얼님을 사람들이 모두 믿으면, 한얼님께서 세계의 땅을 모두 녹여 주시지 않겠습니까?"

"믿음대로 땅을 녹여 주신다는 말씀인가요?"

"그렇습니다. 안타깝지만 현재 우리 인간에게는 성지의 땅을 녹일 만큼의 믿음밖에 없습니다. 더 큰 땅을 녹이고 싶다면 더 많은 사람들이 온전한 믿음을 가져야겠지요. 그 유명한 기독교도 믿는 사람들만 구원을 받는다고 하지 않습니까? 한얼님도 같습니다. 믿음의 분량만큼 땅이 녹는 것이지요."

"아!"

안상혁은 충분히 알아들었다는 듯 고개를 끄덕였다.

세 사람의 대화를 지켜보던 경비대장 이동민이 헛기침을 가볍게 터뜨렸다.

그리고 사람들이 주목하자 차분하게 말했다.

"자아, 우리 성도의 소개는 대충 끝난 것 같군요. 여행자 여러분이 원하신다면 성지를 구경할 수는 있습니다. 물론 성직자들의 안내를 받아야 합니다. 자아, 이제 여러분이 답하실 차례입니다. 어떻게 하시겠습니까? 성도에 며칠 머무르시겠습니까? 아니면 바로 떠나시겠습니까? 참고로 여행객들에게는 식량과 잠자리가 제공되지 않습니다."

경비대장 이동민의 말을 곰곰 생각하던 최명석이 물었다.

"신자가 되면 식량과 잠자리를 제공받게 되는 건가요?"

"그렇습니다."

"와아! 천국이 따로 없네요?"

"글쎄요. 신자가 되기로 작정하는 순간 재산은 헌납해야 하며 노동력을 제공해야 합니다. 남들보다 가진 게 많고 게으른 사람들에게는 지옥이 될 수도 있습니다."

경비대장 이동민의 얼굴에 묘한 웃음이 떠올랐다.

"헉! 그건 설마 사유재산을 몰수당하고 집단 농장에 투입된다는 말씀인가요?"

"결과적으로 그렇습니다. 생존을 보장받는 대신 개인의 자유가 제한받게 되는 거지요."

경비대장 이동민의 말이 끝나기가 무섭게 그 곁에 서 있던 사내가 말을 이었다.

"그렇게 놀라실 것 없습니다. 대장님이 극단적으로 표현해서 그렇지 그렇게 딱딱하지 않습니다. 어차피 기독교의 천국도 그 비슷한 분위기니까요. 한얼님에 대한 믿음 안에서 하나 되는 공동체라고 생각하시면 됩니다."

안상혁이 사내에게 시선을 돌렸다.

이 남자는 왜 경비대장과의 대화에 자꾸 끼어드는 것일까?

잠시 생각하던 안상혁은 남자를 슬쩍 찔러 보기로 했다.

"말씀하신 분은 혹시 한얼교에서 나오신 건가요?"

"아, 제 소개가 늦었군요. 그렇습니다. 저는 한얼교의 선도사(宣道師)인 정완구라고 합니다."

"선도사라고 하시면? 어떤 직책이신지……."

"승려 또는 전도사나 목사로 생각하시면 됩니다. 한얼교의 교리를 가르치고 포교하는 일을 맡은 사람 중에 하나입니다."

"아, 그러시군요."

안상혁은 의미심장한 눈으로 정완구를 바라보았다.

경비대를 따라다니는 선도사라.

과거 혁명부대도 부대 단위마다 사상 교육을 전담한 장교들이 있었다. 한얼교는 생각보다 체계가 잡힌 신흥종교라는 생각이 든다.

어느 정도 상황을 파악한 안상혁이 강유진에게 시선을 돌렸다.

"형님, 어떻게 할까요?"

"뭘 어떻게 해?"

"성지를 한번 구경해 봐야 하지 않겠습니까?"

"그래. 얼지 않은 땅이라니 나도 궁금해진다."

강유진이 승낙하자 안상혁이 경비대장에게 다시 물었다.

"저희들에게는 식량이 있고, 잠자리도 스스로 마련할 수 있습니다. 얼마 동안 머무를 수 있습니까?"

"오, 식량이 넉넉한가 봅니다? 그런 분들 흔치 않던데……. 일단 자력으로 머무를 수 있는 만큼 머물러도 됩니다. 다만 단체 행동은 눈에 띄니까, 소규모의 그룹으로 움직여 주셔야 합니다."

"소규모라면, 정확히 몇 명 단위입니까?"

경비대장 이동민이 오밀조밀 모여든 사람들을 훑어보았다. 성인 남자 십여 명을 빼면 대부분 노인과 여자와 어린아이들이다. 이런 조합으로 어떻게 떠돌아다녔는지 신기할 지경이다.

'하루도 못 가 강도를 만나 다 죽을 것 같은데…….'

이 정도라면 성도의 경비대 병력으로 충분히 통제할 수 있다는 생각이 든다. 그래도 보는 사람들의 눈이 있으니 숫자는 조절해야 한다.

"다섯 명까지 됩니다."

"알겠습니다. 일행들에게 다섯 명 이상은 함께 다니지 말라고 하겠습니다."

"그렇게 해 주시면 서로 얼굴 붉힐 일은 없을 겁니다. 어서 오십시오. 성도에 오신 것을 환영합니다."

경비대장 이동민이 정중하게 허리를 굽히며 인사했다.

"아, 예……."

얼떨결에 강유진과 안상혁, 그리고 최명석까지 마주 허리를 숙였다.

인사를 마치자 경비대장 이동민이 한쪽을 가리켜 보였다.

"저쪽으로 가시면 여행자들이나 외부인들을 위한 숙영지가 있습니다. 삼정중학교라고 아직 입간판이 남아 있으니 찾기 쉬울 겁니다."

"삼정중학교요?"

최명석이 확인하듯 다시 물었다.

"예, 이 방향으로 5분 정도만 가면 보일 겁니다."

"알겠습니다. 그런데 성지의 견학은 언제 가능한가요?"

최명석의 물음에 정완구가 피식 웃으며 나섰다.

"한얼교에 대한 관심이 크시군요? 숙영지에 계시면 오늘 중으로 선도사님들이 방문하실 겁니다."

"아, 그렇군요. 감사합니다. 제가 워낙 그런 쪽을 좋아해서. 하하!"

정완구의 얼굴에 사람 좋아 보이는 미소가 떠올랐다.

"아마 실망하지 않으실 겁니다."

"예, 그럴 것 같습니다."

최명석이 넉살 좋게 화답했다.

마주 미소를 짓던 선도사 정완구가 경비대장에게 고개를 끄덕였다.

경비대장 이동민이 알았다는 듯 고개를 끄덕였다.

"그럼, 우리는 이만 다른 지역을 순찰하러 가야겠습니다. 좋은 선택을 하시길 바랍니다. 아! 그리고 다른 여행자들과 싸우거나 소란을 피우지는 마십시오. 그러면 바로 추방입니다."

그 말을 끝으로 경비대장 이동민은 부하들을 인솔해 자리를 떠났다.

멀어져 가는 경비대를 지켜보던 안상혁이 중얼거렸다.

"치안도 괜찮은 것 같고…… 음식도 아직은 풍부해 보입니다. 우리 리어카에 관심을 두지 않는 걸 보면."

"그러게요. 저도 우리 물건에 관심 두지 않는 사람들은 처음 봅니다."

최명석도 경비대의 청렴함에 혀를 내둘렀다.

"나도 저 사람들이 끝까지 저런 모습이면 좋겠다."

강유진의 음성은 어딘지 자신이 없어 보였다.

그런 강유진을 보고 있던 최명석이 너스레를 떨었다.

"에이, 형님, 천제의 아들이라는 분이 다스리는 도시인데, 설마 나쁜 짓이야 하겠어요? 선도사라는 사람도 분위기 보니까 장난 아니던데.”

“분위기가 왜?”

안상혁이 궁금하다는 듯 최명석을 바라보았다.

“딱 보면 모르겠어요? 완전히 신부님 분위기잖아요. 얼굴도 서글서글하니 선해 보이고.”

“관상도 볼 줄 아냐?”

“관상이라기보다…… 사람이 나이를 먹으면 얼굴에 인생이 드러나잖아요. 예컨대 형님은 누가 봐도 냉정한 외과 의사 얼굴이죠.”

“냉정하다는 건 너의 선입견이다. 우리 일행 중에 나보고 냉정해 보인다는 사람은 아직 없었다.”

최명석이 답답하다는 듯 강유진에게 시선을 돌렸다.

“유진 형, 뭐라고 말 좀 해 줘요. 상혁 형은 자기가 어떻게 생겼는지 잘 모르는 것 같아요.”

“상혁이?”

“예.”

“한마디로 차도남(차가운 도시남자)이지.”

“그죠? 형님이 봐도 차도남이죠? 상혁 형, 유진 형도 형보고 차도남이라잖아요. 내 선입견이 아니라니까요.”

강유진의 말에도 안상혁은 포기하지 않았다.

"형님도 너처럼 나에 대한 선입견이 있으니까. 그렇게 보이지 않으면 이상한 거지."

"그게 아니라니까……."

"됐다. 숙영지로 이동이나 하자. 경비대가 욕심이 없다고 해도 다른 사람들까지 다 그러리란 법은 없다. 빨리 자리를 잡고 대충 가려야겠다. 리어카가 너무 눈에 띈다."

그 말에는 최명석도 더 이상 토를 달지 않았다.

확실히 사람이 모여 사는 곳에 오니 리어카가 두드러져 보인다. 그러고 보면 경비대가 굳이 리어카를 주의 깊게 살피지 않은 이유도 알 것 같다. 한눈에 다 들어오니 묻고 자시고 할 것도 없지 않은가!

경비대장이 가르쳐준 방향으로 가다 보니 정말 삼정중학교라는 작은 이정표가 보였다.

그리고 이정표가 가리키는 곳에 반파된 학교가 오도카니 서 있었다.

여행자들을 위한 숙영지라고 하더니 삼정중학교는 피난민으로 가득했다.

먼저 자리를 잡고 있던 피난민들이 호기심 가득한 얼굴로 다가왔다.

그들 대부분의 눈은 리어카로 향해 있었다.

학교를 둘러본 안상혁이 고개를 설레설레 저었다.

"휴우! 형님, 피난민이 이백 명은 되어 보이는데요?"

"이야아! 사람 많다! 임시로 머무는 사람들이 이 정도면 성도에 거주하는 신도는 몇 명이라는 거야? 엄청나겠다."

"그래, 경비대와 선도사가 우리 리어카에 관심을 두지 않은 이유를 이제 알 것도 같다. 참 머리 좋은 사람들이야."

안상혁의 말에 최명석이 의아한 얼굴로 물었다.

"그게 무슨 말이에요?"

"잘 봐. 저기 있는 사람들은 다 여행자들이다. 우리 같이 무장한 사람도 적지 않을 거다. 그 속에 우리를 떨구었다. 늑대들 속에 양 떼를 넣었다고 생각할 테지. 겁먹은 양에게 선택지는 많지 않지."

"우리가 신자로 받아 달라고 매달릴 거라 생각한다는 거예요? 리어카를 맡기고?"

"우리가 평범한 사람들이고, 여기에 정말 경작할 성지가 있다면…… 그렇게 되지 않겠냐?"

"쩝, 그런가? 그래도 사람은 좋아 보이던데 좀 긍정적으로 생각하자고요."

"너는 긍정적으로 생각해, 나는 현실적으로 생각할게."

"에이, 그렇게 말하니까 제가 무슨 어린 왕자 같잖아요. 저도 그렇게 순수한 영혼은 아니라고요."

"헐, 그게 또 그렇게 해석이 되냐? 나는 널 어린 왕자라고 생각한 적이 단 한 번도 없다. 그렇게 생각하는 사람 아무도 없을 거다. 심지어 박미나 씨조차도 그렇게 생각하지 않고 있을걸?"

"아니 형님, 여기서 박미나 씨 얘기가 왜 나와요?"

"네가 순수한 영혼이라고 생각하는 사람이 없다는 걸 알려 주려고."

"와아! 정말 너무한다."

답답하다는 듯 제 가슴을 치던 최명석이 강유진에게 고개를 돌렸다.

"형님도 선도사와 경비대장이 얍삽해 보이던가요?"

"야 인마, 이게 얍삽함의 문제냐? 그건 전술이나 전략의 일환일 뿐이야. 너 같으면 짐 싸들고 와서 합류해 주세요라고 하소연하겠냐? 아니면 합류할 수밖에 없는 상황을 인지시켜 주고 제 발로 걸어오게 만들겠냐?"

"뭐 그야 제 발로 오게 만들어야죠."

"상혁이 말이 그 말이잖아."

최명석이 고개를 갸웃거렸다.

"아, 비슷한 말 같은데, 왜 이렇게 어감이 다르죠?"

"상혁이는 선동하는 게 몸에 익어서 그래. 그렇게 겪고도 아직 모르겠냐?"

강유진의 말에 안상혁이 피식 웃으며 돌아섰다.

최명석과의 대화는 여러모로 자신에게 유익하다. 그의 순진함에 자신의 선동가적 기질이 정화되는 느낌이라고나 할까? 물론 그를 놀리는 재미는 둘째치고 말이다.

다른 여행자—사실은 피난민이다—들이 리어카에 기울이는 관심은 상상 이상이었다.

결국 안상혁은 리어카 4대를 덜 부서진 교실에 몰아넣고 24시간 감시하기로 했다. 그러나 감시에도 문제가 따랐다. 사실 강유진과 자신과 최명석을 빼면 전투력이나 위기 대처 능력이 다들 형편없었다. 그렇다고 처음부터 생명줄과 다름없는 쌀을 포기할 수도 없다.

고민하는 안상혁을 물끄러미 지켜보던 강유진이 교실 앞에 섰다.

"클레베스."

순간 교실 바닥이 "드드드득" 소리와 함께 들고 일어났다.

강유진은 흙으로 아예 교실을 메워 버렸다.

꽉 막힌 교실을 보던 안상혁이 뒷머리를 벅벅 긁었다.

"확실히 사람이 24시간 지키기에는 피곤한 일이죠? 그런데 형님, 우리가 먹을 식량은 좀 꺼내 놓아야 하는데요?"

"걱정하지 마라. 클레베스!"

강유진이 다시 땅의 정령 클레베스를 불러 뜻을 전했다.

막혀 있던 입구가 슬그머니 벌어지는 듯하더니 쌀 한 가마니를 토해 놓았다.

안상혁이 넋이 나간 얼굴로 중얼거렸다.

"정령에게 지성이 있다고 하시더니……. 정말 대단합니다."

"나도 가끔 놀란다니까."

"생각이 안 맞으면 어떻게 됩니까?"

"이해하기 어렵겠지만 나와 일체화가 돼서 다를 수가 없다."

"아! 그렇군요."

안상혁이 고개를 끄덕였다.

무슨 말인지 그 속뜻까지 확실히 알 수는 없었지만 최소한의 느낌은 전해졌다. 유진 형은 아마 자신이 정령과 하나가 되었다는 말을 하고 있는 것 같았다.

주위를 둘러보고 조금 늦게 나타난 최명석은 꽉 막힌 교실 앞에서 만족스럽다는 듯 고개를 주억거렸다.

"최곱니다. 형님."

최명석은 강유진을 향해 엄지손가락까지 치켜들어 보였다.

"아부는 됐고. 둘러보니 어떻든? 도시 분위기가 전반적으로 괜찮아 보이든?"

"일단 사이비는 사이빈데, 사람 골수까지 뽑아 먹는 막장 사이비는 아닌 것 같고요. 그냥 사람들을 효과적으로 통제하기 위한 사이비? 그런 느낌이 들디라고요."

"교주가 녹였다는 땅, 성지는?"

"거긴 워낙 경비가 삼엄해서 가보지 못했습니다. 그런데 땅은 녹았는데, 거기에 경작을 하고 있지는 않은 것 같더라고요?"

"경작을 하지 않아? 그럼 이 도시에 식량 조달은 어떻게 하는데?"

"그걸 모르겠어요. 아무리 쑤시고 다녀도 실마리가 안 보이더라고요."

듣고 있던 안상혁이 말했다.

"우리 같은 여행자들을 털어 먹고 있는 건 아닐까요? 사유재산을 인정하지 않는다고 하니까, 좀 많이 모이겠습니까?"

"아니야, 그것만으로는 한계가 있어."

강유진은 고개를 저었다.

도시의 규모는 오가는 여행자를 털어서 유지할 수준을 넘어섰다.

최명석이 기회가 왔다는 듯 물고 늘어졌다.

"아니, 형님, 이렇게 큰 도시를 유지하는 게 여행자 한두 사람으로 될 것 같아요? 턱도 없어요."

"뭐, 말이 그렇다는 거다."

결국 안상혁이 한 걸음 물러났다.

득의의 미소를 짓던 최명석이 생각났다는 듯 말했다.

"참! 그런데, 지난번 무슨 씨족 마을에서 따라 나온 여자들 있잖아요?"

"응?"

"다섯 명의 아가씨들 말이냐?"

"예, 말하는 걸 누가 들었다는데 여기에 정착할 생각인 것 같더라고요."

"그래? 잘됐네."

안상혁이 시큰둥한 음성으로 대꾸했다.

사실 안상혁에게 그 다섯 여자들의 있고 없음은 아무런 의미가 없었다. 오히려 어떤 의미에서 그녀들은 쌀을 축내는 입에 불과했다.

"저도 그래서 잘됐다고 말했습니다. 모처럼 상혁 형이랑 뜻이 통했네요."

잠시 생각하던 강유진이 물었다.

"그런데 말이다. 경작을 하지 않는 땅이라면 녹은 게 무슨 의미지?"

"그러게 말입니다. 왜 땅을 놀리는지 모르겠습니다. 씨앗까지 먹어치우기 전에 뭐라도 심어야 할 텐데."

그렇게 남자들이 모여 왜 녹은 땅에 경작을 하지 않는지 의아해하고 있을 때다. 임지연을 필두로 여자들이 하나둘 몰려왔다.

근래 들어 임지연은 여자들의 대표로 불리고 있다. 그 말이 처음 나왔을 때 임지연은 웃어넘겼다. 그러나 여자들은 농담처럼 꺼낸 말을 끝까지 밀어붙였다. 사실 누가 봐도 임지연이 그 일에 적격이긴 했다. 결국 임지연은 여자들의 부탁을 거절하지 못했고, 결국 대표 아닌 대표가 됐다.

"강 선생님에게 진지하게 드릴 말씀이 있어요."

임지연이 여자들을 데리고 와서 당당하게 말했다. 강유진의 앞에서 당당함을 넘어 다소 뻔뻔해 보이기까지 하는 태도였지만 모두 그걸 이상하게 생각하지 않았다. 사람들은 강유진에게 세상을 다스릴 수 있는 능력이 있다면, 임지연에게는 강유진을 다스릴 수 있는 능력이 있다고 믿었다.

임지연의 뒤에 버티고 서 있는 여자라고 해 봐야 강하연과 김미연 그리고 박미나가 전부다. 그 이외의 여자들은 일행으로 받아준 것만으로도 황송해하는 피난민들이었다. 그래도 여자들끼리 있을 때는 이런저런 불평이 조금씩 있는 모양이다. 임지연이 나선 것은 아마도 그와 관계된 문제를 제기하기 위함이리라.

"무섭네요. 공포 분위기 말고 좀 더 평화로운 분위기에서 대화를 하면 안 될까요?"

강유진의 엄살에 임지연이 배시시 웃어 보였다.

"그렇게 심각한 얘기는 아니에요."

임지연이 웃기만 하자 강하연이 참지 못하고 먼저 입을 열었다.

"아빠, 사람은 밥만 먹고는 못 산다고요! 소금이랑 다른 반찬이 필요해요. 쌀을 좀 내주세요! 여기서 소금이랑 다른 부식(副食)거리하고 바꾸어야겠어요."

"하아~ 쌀?"

강유진이 안도의 숨을 내쉬었다.

쌀이라면 아직은 여유가 있다고 생각해서다.

갑자기 너그러워진 강유진의 표정을 발견한 안상혁이 딱딱한 어조로 말했다.

"형님, 소금까지는 괜찮습니다만, 쌀과 부식을 교환하는 것은 안 됩니다. 우선 이 도시에 부식이라고 부를 만한 것도 없고, 설령 있다고 해도 그런 것들은 생존에 직결되지 않습니다."

그러나 안상혁의 반대에도 임지연은 물러서지 않았다.

"생존과 직결되지 않는다고 누가 그래요? 사람은 밥으로만 살

수는 없다고요. 다른 영양소도 최대한 섭취하지 않으면 안 돼요."

"하지만 농산물을 경작할 수 없는 지금 쌀보다 더 귀한 것은 없습니다."

"쌀보다 귀할 수도 있다니까 그러시네요."

한 걸음 물러서 두 사람의 대화를 지켜보던 강유진이 임지연에게 물었다.

"지연 씨, 쌀보다 귀한 그게 대체 뭔데요?"

"소고기 장조림요! 여기에 그 통조림을 가진 사람이 있더라고요!"

"아……."

안상혁은 잠시 말문이 막혔다. 쇠고기 장조림이라면 교환을 해도 괜찮겠다는 생각이 든다. 마지막으로 고기 맛을 본 게 언제인지 기억이 희미할 정도다.

안상혁의 표정을 확인한 임지연이 얼굴 가득 승리의 미소를 지었다.

누가 봐도 임지연의 완승이다.

강유진이 그런 임지연을 부드럽게 바라보았다. 처음부터 쇠고기 통조림이라고 하지 않은 것은 깜짝 반전을 위한 것이었으리라.

"얼마나 필요해요?"

강유진이 묻자 임지연이 잠시 계산을 하는 듯하더니 답했다.

"110그램짜리 30개들이 박스가 열 박스나 있다고 하더라고요. 두 박스에 쌀 한 가마를 주기로 했는데, 괜찮은 거겠죠?"

"그럼 다섯 가마면 되나요?"

"네, 괜찮은 조건이겠죠?"

막상 바꾸자는 분위기가 되니 임지연은 망설여지는 모양이다. 그도 그럴 것이 그들에게 줘야 할 것이 쌀인 까닭이다.

물물거래의 시세에 밝은 안상혁이 고개를 끄덕였다.

"그 정도면 서로에게 좋은 조건이라고 할 수 있습니다. 그런데 그렇게 좋은 물건을 가진 사람들이 여기에 있었다니 뜻밖이군요."

이번에는 김미연이 보충 설명을 했다.

"동쪽 별관에 아직 한얼교 신도가 되지 않은 한 팀이 거주하고 있더라고요. 이천의 대형 마트를 관리하던 사람이 지도자인 것 같았어요. 전쟁 중에 용케 직원들과 물건을 빼돌렸던 모양이에요. 우리 리어카에 실린 게 뭐냐고 묻기에 쌀이라고 하니까, 교환하겠냐고 하더라고요."

안상혁이 가볍게 인상을 찌푸렸다.

"처음 보는 사람들에게 쌀을 가지고 있다고 말을 했다고요?"

"그러니까 교환하자고 했겠죠?"

김미연이 아무렇지도 않은 얼굴로 대꾸했다.

순간 안상혁의 언성이 조금 높아졌다.

“아니 요즘 같은 세상에! 우리가 쌀을 가지고 다닌다는 걸 광고하고 다니면 어떻게 합니까?”

하지만 김미연은 안상혁을 조금도 어려워하지 않았다.

“강 선생님과 여러분이 있는데 뭐가 문제예요? 너무 소심하게 그러지 마세요. 비록 망한 세계지만, 우리는 지구 최강의 단체라고요.”

“맞아요, 덕분에 쇠고기 통조림도 생겼잖아요.”

임지연까지 김미연을 편들자 안상혁은 두 손을 들고 말았다.

게다가 그녀들의 말이 맞았다. 다소 번거로운 일이 생길지는 몰라도, 그 이상의 일—예컨대 쌀의 주인이 바뀐다거나 하는—은 없을 것이다.

“알겠습니다. 위험한 일이니 형님과 제가 함께 가야겠지요? 명석이는 남자들과 함께 이곳을 지켜야겠다. 입구는 형님이 막아 놓았지만…… 그래도 누군가 지키고 있다는 인상은 심어 줘야지.”

지키는 사람이 없으면 굴이라도 뚫을 사람들이 주변에 널려 있었다.

“알겠습니다. 제가 확실히 지키고 있겠습니다.”

그러는 동안 강유진은 다시 쌀 다섯 가마를 꺼냈다.

안상혁은 흙벽이 토해 놓은 다섯 가마의 쌀을 들기 위해 남자들 셋을 더 불렀다.

곧이어 남자 다섯과 여자 셋이 쌀을 들고 동쪽 별관으로 향했다.

제4화

염원하는 것과 현실의 차이

“이런? 쌀이 반 가마니네요?”

쌀을 보자마자 통통하게 살찐 사십 대 남자가 묘한 어조로 말했다.

안상혁이 무슨 소리냐는 듯 되물었다.

“그게 무슨 소립니까?”

“아, 원래 쌀 한 가마니가 80킬로그램이잖습니까? 그런데 가지고 오신 건 40킬로그램짜리니까 반 가마니라고 한 겁니다. 저희는 80킬로그램짜리라고 생각해서 한 가마니에 두 박스라고 말했던 거거든요.”

남자의 말에 임지연과 동행한 여자들의 안색이 어둡게 가라앉았다.

막연하게 한 가마니라고 했던 것에 이런 차이가 있을 줄이야! 쌀 다섯 가마와 다섯 박스는 숫자만 같을 뿐이다. 다섯 박스라고 해봐야 1.65킬로그램 밖에 안 된다. 그에 비해 다섯 가마니의 쌀은 무려 200킬로그램이나 된다. 1.65:200의 교환이라면 너무 밑지는 장사가 아닌가?

남자는 통성명을 할 생각도 없다는 듯 바로 흥정에 들어갔다.

"40킬로그램 다섯 개면 두 가마 반이네요. 다섯 박스면 맞죠?"

통통한 남자가 안상혁과 강유진을 번갈아 바라보았다.

그의 뒤로 건장한 체격의 남자 다섯이, 표정도 없이 병풍처럼 둘러서 있었다.

안상혁이 불쾌한 얼굴로 말했다.

"110그램짜리 통조림 30개라고 해봐야 얼마나 나간다고, 고작 그걸로 40킬로그램짜리 쌀 한 가마니를 교환하자고 합니까? 기본적으로 식료품은 같은 무게로 교환하지만, 고기는 특별히 열 배 정도 더 쳐주는 것으로 알고 있습니다. 통조림임을 감안해서 우리도 후하게 계산해 준 건데, 다섯 박스라니…… 교환할 생각이 있기는 한 겁니까?"

통통한 남자의 얼굴에 어색한 미소가 떠올랐다.

어딘지 어리바리해 보이는 여자들을 보고 대충 후려쳐 본 건데,

뜻밖에도 이 남자는 물물교환에 닳고 닳은 모습이다.

'하긴 그러니까 살아서 여기저기 떠돌아다니고 있었던 거겠지?'

상대를 등쳐먹겠다는 생각을 버린 남자가 넉살 좋게 웃었다.

"하하핫! 교환할 생각이 없으면 여기까지 나왔겠습니까? 일곱 박스 드리겠습니다. 아시겠지만 일반적으로 고기는 열 배 이상 나갑니다. 하지만 그게 통조림에 들어 있으면, 열 배가 아니라 부르는 게 값이지요. 우리가 가진 건 유통기한도 아직 4년 이상 남은 싱싱한 쇠고기 통조림입니다. 어떻게 하시겠습니까?"

안상혁은 생각해 볼 것도 없다는 듯 말했다.

"열 박스입니다. 그 이하면 거래하지 않겠습니다. 우리가 가진 쌀은 햅쌀입니다. 거래할 마음이 있으면 다시 연락 주십시오. 형님, 그냥 돌아가야겠습니다."

안상혁이 강유진을 향해 돌아섰다.

피차 통성명도 나누지 않은 상대이니 인사를 하고 어쩌고 할 이유도 없었다.

칼 같은 안상혁의 태도에 통통한 남자는 당혹스러운 표정을 감추지 못했다.

"어이쿠! 성격이 불같으시네요. 좋습니다. 다소 아쉽기는 하지만, 그래도 햅쌀이라고 하시니 원하시는 대로 교환하도록 하지요.”

사실 통조림 열 박스로 40킬로그램짜리 쌀 다섯 가마를 사는 건 결코 손해나는 장사가 아니었다.

통통한 남자가 뒤에 서 있던 사람들에게 손짓을 했다.

남자들은 가지고 있던 통조림 박스를 건네고, 대신 쌀 한 가마니씩을 어깨에 짊어졌다.

교환이 끝나자 통통한 남자가 품 안에서 담배 두 갑을 꺼내 안상혁과 강유진에게 건넸다.

“이건 좋은 거래에 대한 서비스입니다.”

“헉! 감사합니다.”

안상혁은 뜻밖의 선물에 감동을 받은 얼굴이다.

“한 갑씩이나! 이렇게 귀한 걸 그냥 주셔도 됩니까?”

조금 전까지 냉랭하던 모습과는 정반대로 영혼까지도 바칠 기세다.

그러나 골초였던 안상혁과 달리 담배를 피우지 않는 강유진은 시큰둥한 표정이다.

통통한 남자는 갑자기 바뀐 안상혁의 태도가 마음에 드는지 웃으며 화답했다.

“담배가 만 보루 있으면 뭐합니까? 먹을 수가 없는데……. 요즘은 담배가 사탕이나 과자였으면 좋았겠다는 생각을 합니다.”

"그야 그렇겠지만, 그래도 감사합니다."

안상혁은 깍듯하게 다시 인사를 했다.

그러고 보면 혁명군이 되어 야전 생활을 하던 자신에게 담배는 쌀만큼이나 소중한 가치였다. 실제로 그동안 수차례 먹을 것으로 담배를 구해 핀 적도 있었다. 하지만 강유진을 만나면서부터 담배로부터 멀어지게 되었다. 지금까지 담배를 떠올리지도 못할 정도로 바쁘고 위태로운 생활의 연속이었다.

전혀 예기치 않은 곳에서, 담배를! 그것도 한 갑이나 손에 쥐게 되다니!

만감이 교차하는 느낌이다.

그러나 안상혁의 감상은 통통한 남자의 말에 이내 깨져 버렸다.

"아, 참! 여러분은 한얼교에 가입하실 생각입니까?"

통통한 남자가 정말 궁금하다는 얼굴로 안상혁을 바라보았다.

"아닙니다. 우리는 정착할 만한 곳을 찾아다니고 있습니다. 이곳에서 경작이 가능하다면 모를까, 그렇지 않다면 굳이 남아 있을 이유가 없습니다."

"아! 얼지 않은 땅을 찾아다니시나 보군요?"

통통한 남자가 눈을 빛냈다.

사실 여건이나 능력이 되지 않아서 그렇지 경작할 땅을 찾는 것은 모든 사람들의 꿈이었다.

"비슷합니다. 자급자족(自給自足)은 선택이 아니지 않습니까?"

꼭 녹은 땅을 찾는 것은 아니다. 그 문제는 강유진이 있으니 어떻게든 해결될 것이기 때문이다. 하지만 남자는 비슷하다는 말의 의미를 못 알아듣는 눈치다.

하긴 그런 사정을 누가 알까?

"씨앗은 있습니까?"

"……아직 그것까지는 준비하지 못했습니다."

갑작스러운 사내의 질문에 안상혁은 얼굴을 붉혔다.

솔직히 그 부분은 생각하지도 않았다. 사람이 살 만한 땅을 찾으러 다니고는 있는데, 막상 그곳을 찾으면 어떻게 해야겠다는 구체적인 계획은 없었다. 순간 '농사꾼이 아니어서 몰랐다' 고 자위했지만, 말 그대로 그건 비겁한 변명일 뿐이다.

"원하신다면 씨앗을 팔 수도 있습니다."

통통한 사내가 그럴 줄 알았다는 듯 자신이 가진 상품에 대해 일장 연설을 늘어놓았다.

결국 강유진과 안상혁은 다시 쌀 한 가마니를 주고 쌀과 옥수수 씨앗 세 포대를 사기로 했다.

사내가 다시 말했다.

"퇴비는 필요하지 않으십니까?"

이번에는 안상혁이 확실히 고개를 저었다.

"아닙니다. 솔직히 퇴비까지는 들고 다닐 여력이 없습니다. 아직 경작지도 찾지 못한 마당에 퇴비는 무리인 것 같습니다. 그런데 그런 걸 다 어떻게 준비하고 계십니까?"

"하하, 여기가 어딥니까? 그 유명한 경기도 이천 아닙니까? 농사를 짓는 것에 필요한 것들은 거의 다 있습니다. 씨 뿌릴 땅만 없어요."

아! 하고 탄성을 지르던 안상혁이 궁금하다는 듯 물었다.

"비닐하우스로도 안 됩니까? 재료는 충분히 가지고 계실 것 같은데."

"기본적으로 해가 너무 짧아요. 기온도 그렇고……. 지속적으로 난방을 해 주면 모를까, 그게 안 돼서……. 이래저래 지금은 다들 포기하는 분위기입니다."

"아! 비닐하우스가 있어도 어느 정도 난방이 필요하다는 말씀인가요?"

"그렇습니다. 난방이 가능하면, 비닐하우스를 치고 농사를 짓는 것도 방법입니다. 혹시 비닐하우스 재료가 필요하십니까?"

안상혁이 부지런히 머리를 굴렸다.

최악의 경우 비닐하우스를 쳐야 할지도 모른다. 물론 난방은 강유진이 있으니 불가능한 것도 아니다. 그런데 정말 그렇게 해도 되는 것일까? 어딘지 사내의 상술에 자꾸만 말려들고 있다는 생각이 든다. 그래도 꽤나 솔깃한 제안이 아닐 수 없다.

"형님? 비닐하우스 재료를 사 둘까요?"

"그래, 언제 그런 재료를 구할지 모르니까. 준비해 두는 것도 나쁜 것 같지는 않다. 여성분들은 어떻게 생각하세요?"

강유진이 옆에 있는 여자들의 의견을 물었다.

임지연을 비롯한 여자들은 농사에 대해 아는 게 없는 터라 알쏭달쏭한 얼굴이다.

"농사를 지어야 한다면 필요할지도 모르겠네요."

"맞아요, 추우니까 비닐하우스를 쳐야 돼요."

자신 없어 하던 처음의 태도와 달리, 평생 농사와 담쌓고 살던 여자들이, 농사의 달인이 된 것처럼 사야 한다고 주장했다.

그 말에 용기를 얻어 안상혁은 통통한 사내와 협상을 벌였다.

10분 만에 쌀 한 가마니가 또 사라졌다. 비닐하우스의 수량과 무게가 생각보다 많았지만, 입에 들어가는 것이 아닌지라, 비싸지는 않았다.

강유진 일행이 별관을 나선 때는 첫 거래로부터 거의 한 시간이나 지난 뒤였다.

"와아! 그 사람 정말 장사 잘하네."

운동장을 가로지르며 김미연이 탄성을 흘렸다.

"그러게요. 한얼교에 가입하실 건가요? 라는 질문에서 어떻게 비닐하우스와 농사짓는 재료로 대화가 흘렀는지 지금도 멍해요."

임지연이 고개를 설레설레 저었다.

"그래도 꼭 필요한 것들이라고 생각합니다."

안상혁은 어차피 농사를 지어야 한다면 그것들이 요긴하게 쓰일 날이 올 거라고 믿었다.

교실로 돌아가자마자 강유진은 다시 쌀 두 가마니를 꺼냈다.

안상혁이 이번에는 남자 둘만 데리고 다녀오겠다고 했다. 비닐하우스의 재료는 먹을 수 있는 게 아니라서 노리는 사람이 없다는 게 이유였다.

그동안 여자들에게 교환할 때 있었던 이야기를 전해 들은 최명석이 발끈해서 소리쳤다.

"형님! 지난번 마을 사람들이 우리를 물 먹인 거였네요? 80킬로그램짜리 쌀을 40킬로그램에 나누어 담아 준거 아닙니까? 어째 새벽부터 서두르더라니 그런 꼼수가 숨어 있었네요! 그 와중에 절반을 빼내다니, 참 대단한 사람들입니다. 다시 가서 마저 달라고 할까요?"

"거기가 어딘지 알고 돌아가냐? 동서남북도 모르겠던데."

"길이 잘 닦여져 있을 거 아닙니까?"

"눈에 묻혔지 아직도 남아 있겠냐? 사흘에 한 차례씩 폭설이 내리는데."

"그런가요? 누구 말처럼 완전 새 됐네요. 하여간 시골 놈들이 더해. 어떻게 그런 생각을 다 했지? 한 가마니를 둘로 나눠서 담다니!"

"우리가 한 가마니의 무게가 얼마인지 몰라서 생긴 일 아니냐. 좋은 경험 했다고 생각해. 그리고 어차피 우리 쌀도 아니었으니까, 너무 속상해할 필요 없다."

"그래도 그 인간들이 우리 목숨을 노린 대가 아닙니까? 입맛이 씁니다. 절반을 눈뜨고 잃어버리다니……. 이런 것도 사기죠?"

"사기라고 할 수 있지."

"진짜 눈 뜨고 코 베인 기분입니다."

"그러려니 해라. 그것도 그 사람들의 생존 기술이라면 생존 기술이다. 농사꾼의 잔머리가 아니라면 생각해 낼 수도 없다."

"머리로는 납득이 가는데, 마음이 영 꿉꿉하네요."

박미나가 그런 최명석을 보며 말했다.

"명석 씨, 당하고는 못 사는 성격 같아."

"제가 좀 그런 면이 있습니다."

최명석이 어깨를 으쓱해 보였다.

그런 최명석을 보며 박미나가 안타깝다는 듯 말했다.

"나도 좀 그런 편인데, 그래도 잊을 건 잊어야지. 지난 일에 너무 집착하면 현재 중요한 걸 놓치는 수가 있다고. 가끔은 좀 당하면서도 살아 봐."

듣고 있던 강유진이 피식 웃었다.

"누가 들으면 명석이가 아주 칼 같은 줄 알겠습니다. 재 생각보다 허술해요. 이름하고 반대죠. 그래서 국정원 동기들 사이에서 허낭으로 불리곤 했어요."

"정말요?"

박미나가 눈을 휘둥그렇게 치떴다.

"그런 사람이 왜 당하고는 못 산다고 해요?"

"아마 너무 당해서 그런 게 아닐까요? 쌓인 게 많은 거겠죠."

김미연의 말에 박미나가 확인하듯 최명석을 바라보았다.

"정말이에요?"

"나른 건 모르겠고, 제가 뒤통수를 좀 많이 맞는 편입니다."

"어머! 이제 보니 나랑은 반대네?"

진짜 의외라는 듯 박미나가 뾰족한 소리로 외쳤다.

김미연이 괜찮다고 그녀의 어깨를 토닥였다.

"미나 씨, 성격은 서로 달라야 잘 산대요. 너무 같으면 재미없다고들 하더라고요."

"정말요?"

그렇게 빈 교실에서 사람들이 최명석과 박미나를 소재로 노닥거리고 있을 때다.

멀리서 한 무리의 사람들이 다가왔다.

선두에 선 사람의 얼굴을 확인한 최명석이 강유진에게 말했다.

"형님, 아까 그 한얼교의 선도사네요. 저 사람이 성지로 안내해 줄 모양입니다."

강유진이 고개를 끄덕였다.

무리를 인도하여 오고 있는 사람은 정완구라는 선도사였다. 선도사가 방문할 거라고 하더니 자신이 직접 나선 모양이다.

잠시 후 정완구 선도사가 강유진의 앞에 와서는 꾸벅 인사를 했다.

"다시 만나게 되는군요. 다른 선도사들이 바빠서 제가 왔습니다. 그런데 같이 다니시던 한 분은 안 보이시네요?"

안상혁의 인상이 기억에 남았던 모양이다.

강유진이 담담하게 웃으며 답했다.

"그 친구는 물건을 구할 게 있어서 별관으로 갔습니다. 아까 갔으니 곧 돌아올 겁니다."

별관이라는 말에 정완구 선도사의 표정이 살짝 변했다.

"별관이라면 M마트 분들을 만나러 간 모양이로군요?"

"M마트요?"

강유진이 모른다는 얼굴로 되묻자 정완구 선도사가 자세히 설명했다.

"과거 이천에서 제법 유명하던 대형 마트입니다. 전쟁 통에 사장이 사망하자 매니저들이 모여서 창고의 물건을 뒤로 슬쩍……. 무슨 말인지 아시겠지요? 나라가 없어지지 않았다면 절도입니다만, 지금은 앞을 내다보는 현명함으로 칭송되고 있지요."

"아!"

강유진과 최명석의 입에서 탄성이 흘러나왔다.

두 사람의 표정을 즐기듯 바라보던 정완구 선도사가 말을 이었다.

"그분들은 가진 게 너무 많아서 아직 한얼교의 교리를 받아들이지 못하고 있습니다. 지금은 별관에 머물면서 여행자들을 대상으로 장사를 하고 있지요. 워낙 뒤로 빼돌린 물건이 많아 언제까지 장사를 할지는 모르겠습니다만…… 그들도 조만간 우리 신도가 될 것으로 믿고 있습니다."

최명석이 걱정스러운 얼굴로 물었다.

"혹시 그분들이 사기를 친다거나 그러는 일은 없었습니까?"

"성도에서 문제를 일으키면 어떤 일을 당하는지 잘 아는 사람들입니다. 지금까지 사기를 친다거나 남의 물건을 강탈해서 소란을 일으킨 적은…… 없습니다. 혹시 그분들에게 억울한 일을 당하셨습니까?"

정완구 선도사의 눈이 빛났다.

마치 건수가 생기기를 바라는 그런 표정이다.

최명석은 황급히 고개를 저었다.

일이 터지면 M마트뿐 아니라 자신들에게도 피해가 올 것 같다는 느낌에서다.

"아닙니다. 아주 양심적으로 보였습니다. 혹시나 해서 물어본 겁니다."

"그러셨군요. 별일 없었다니 다행입니다."

정완구 선도사는 어딘지 아쉬운 표정이다.

그래도 그걸 대놓고 표현할 정도로 어리석은 사람은 아닌 듯 이내 주제를 바꾸었다.

"성지순례는 몇 분이 가시겠습니까?"

강유진이 일행을 돌아보았다.

일행이라고 해봐야 모두 그의 측근들이다.

"성지를 보고 싶은 분?"

강유진의 물음에 임지연과 김미연 그리고 박미나가 손을 들었다.

강유진이 사람들 숫자를 확인하고 다시 돌아설 때다. 마침 안상혁과 두 남자가 비닐하우스 재료를 들고 돌아 왔다.

정완구 선도사는 의식적으로 비닐하우스 재료를 외면했다.

물론 속으로는 아까운 쌀로 별 쓸데없는 걸 다 샀다고 투덜거렸다. 그러나 이 사람들을 나무랄 수는 없었다. 아직까지 쌀은 그들의 것이었으니까.

"남자 셋과 여자 셋입니다. 숫자를 줄여야 하나요?"

강유진의 말이 끝나기가 무섭게 뒤쪽에서 두 명의 여자가 뚜벅뚜벅 걸어왔다.

이전 마을에서 구출된 유미란과 한소희였다.

"저희도 성지를 보고 싶은데요. 괜찮을까요?"

유미란은 강유진 일행을 무시하고 정완구 선도사에게 다가갔다. 그 모습이 마치 '우리는 이 사람들과 같은 일행이 아니다' 라고 시위하는 것 같았다.

정완구 선도사가 웃으며 두 손을 번쩍 들어 올렸다.

"물론 환영합니다. 우리 한얼교는 누구에게나 활짝 열려 있습니다."

그렇게 해서 남자 셋에 여자 다섯이 성지순례의 길에 올랐다.

강유진 일행의 표정은 떨떠름했다.

마을에서 구해 준 여자들의 행동이 어떤 의미인지 잘 알았기 때문이다. 기껏 먹이고 재워 줬더니, 안전하다고 생각한 곳에 이르자 타인처럼 행동하고 있다.

심지어 여자들은 정완구 선도사의 좌우에 찰싹 달라붙어 아양을 떨었다.

뒤에서 그 꼴을 보고 있던 최명석이 들으란 듯 중얼거렸다.

"이래서 머리 검은 짐승들은 거둬 주면 안 된다니까요."

"나도 여자지만 정말 여자들 저러면 안 되는데."

박미나도 화를 참지 못해 최명석과 함께 연신 구시렁거렸다.

유미란과 한소희는 조금 얼굴이 화끈거렸지만 '이미 엎질러진 물' 이라고 생각했다. 다른 세 명의 여자들과 함께 이곳에 정착하기로 의견의 일치를 보았다. 그래서 녹은 땅, 즉 성지를 확인하는 것은 그녀들에게 아주 중요한 문제였다.

정완구 선도사는 두 여자가 팔짱을 껴오자 '안내하러 오기를 잘했다' 는 생각에 입가에서 미소가 떠나지 않았다.

옷이 너무 두툼해서 그녀들의 가슴 볼륨이 느껴지지는 않았지만, 그래도 좋기만 했다.

정완구 선도사와 신도들을 따라 20분쯤 걸었을까?

아치형으로 된 공원의 입구가 나타났다.

공원의 입구는 무장을 한 남녀 십여 명이 경비를 서고 있었다.

정완구 선도사가 손을 흔들며 아는 체를 하자 경비조의 우두머리로 보이는 사내가 마주 손을 흔들어 보였다. 그것으로 신원 확인은 끝이었다.

의외로 간단한 절차에 놀란 최명석이 안상혁에게 속삭였다.

"형님, 보안이 너무 허술한 거 아닙니까? 그래도 성지라면서."

"중요한 곳이 아니면 그럴 수도 있지."

"녹은 땅이라면서요? 어떻게 중요하지 않을 수가 있어요?"

"보면 알겠지."

안상혁은 눈을 빛내며 주위를 살폈다.

보안이 허술한 것은 입구뿐이 아니다. 공원처럼 보이는 안쪽 어디에도 무장한 경비는 보이지 않았다. 심지어 오가는 사람도 거의 없었다.

어쩌다가 마주친 사람들은 모두 비무장의 신자들이다. 그들은 깨끗한 얼굴로 행복해 보이는 미소를 짓고 있었다.

마치 수도원 같은 분위기다.

마음 한편으로 '의외로 좋은 곳인지도 모르겠다'는 생각이 든다.

힐끗 보니 유미란과 한소희는 완전히 푹 빠진 얼굴들이다.

그런 그녀들과 달리 임지연과 김미연의 얼굴은 좋지 못했다. 특히 김미연의 경우 가끔씩 인상을 찡그리기까지 했다.

여자들의 표정 변화는 강유진의 눈에도 띄었다.

강유진은 임지연의 곁으로 슬쩍 다가갔다.

"왜요?"

"무슨 냄새 안 나요?"

"냄새요?"

강유진이 코를 킁킁거렸다. 희미하지만 그게 정확히 무엇인지 알 수가 없다.

그런 강유진에게 김미연이 말했다.

"강 선생님, 이건요, 가스 냄새예요. 우리는 벌써 녹은 땅의 비밀을 알아냈다고요."

"헛, 정말요?"

임지연이 강유진의 옆구리를 가볍게 찔렀다.

"조금만 참아요. 성지를 보고 돌아가서 얘기해 줄게요."

"알겠습니다. 기대가 되는군요."

강유진이 시선을 앞으로 던졌다.

한얼교 신도들과 선도사 그리고 그의 좌우에 붙어 있는 여자들의 뒷모습이 보였다.

저도 모르게 한숨이 흘러나왔다.

사람들이 소망하는 것과 결과는 언제나 다르다. 그래서 인생이 피곤한 건지도 모르겠다.

잠시 동안 강유진은 저 여자들이 정착하고 싶어 하는 이 땅이 정말 성지이기를 기원했다.

언제부터인가 지면에서 훈훈한 온기가 느껴졌다.

그리고 눈에 뒤덮이지 않은 진짜 옛날의 땅이 모습을 드러냈다.

한얼교 신자들의 말처럼 땅은 얼어 있지도 않았다.

정완구 선도사와 신도들이 멈춰 선 곳은 공원처럼 보이는 곳의 한복판이었다.

"이곳이 성지입니다."

정완구 선도사의 표정은 밝았다.

뿌듯해 보이기까지 한 그의 얼굴 앞에서 김미연은 어쩔 줄 몰라 했다.

그런 김미연과 달리 유미란과 한소희는 좋아서 팔짝팔짝 뛰었다.

"언니! 정말 땅이 녹았어!"

"눈이 없네? 신기하다! 여긴 봄 같아!"

안상혁과 최명석은 임지연과 김미연의 표정이 밝지 않음을 보고는 침묵했다.

정완구 선도사가 그런 강유진 일행을 보며 의아한 얼굴로 물었다.

"그쪽 분들은 성지가 마음에 들지 않는가 봅니다?"

어색한 걸 못 견디는 최명석이 급히 진화에 나섰다.

"그럴 리가요? 우리도 좋습니다. 다만 다들 신중한 성격들인지라. 참고 있는 것뿐입니다."

"아, 그렇습니까?"

"예, 그런데, 땅이 이렇게 좋은데 왜 농사를 짓지 않죠?"

"그건 아직 때가 되지 않아서입니다."

"때요?"

최명석은 정말 궁금하다는 표정이다.

"신도들의 믿음이 완전해지면, 한얼님께서 대지를 축복해서 씨앗이 자라게 해 주실 것입니다. 아직은 신도들의 믿음이 부족해서 땅이 저주에서 해방되지 못했습니다."

"아, 신도들의 믿음이 부족해서 그런 거로군요."

"그렇습니다. 아직 믿음이 없어서 모르시겠지만, 우리 한얼님은 신비하고 무서운 분이십니다."

"무섭기도 합니까?"

"옳지 못한 것을 보시면 분노하시는데, 인간이 감당하기 어렵지요. 혹시 여러분은 유럽에서 있었던 비극을 알고 계십니까?"

정완구 선도사의 물음에 사람들이 고개를 갸웃거렸다.

유럽에서 무슨 일이 있었다고?

"전쟁 중에 유럽의 악마숭배자들이 아시아 사람들을 잡아 희생제물로 바친 적이 있습니다. 고대 마야 문명처럼 인신공양을 드렸던 거지요."

"……."

유미란과 한소희는 처음 듣는 이야기에 눈을 휘둥그렇게 뜨고 집중했다.

한편 최명석과 안상혁 그리고 임지연과 김미연은 황당하다는 얼굴로 서로를 바라보았다. 페로제도에서 강유진이 벌인 일이 한얼 교주의 업적으로 소개가 되고 있었다.

안상혁이 강유진에게 말했다.

"인간의 응용력이란 실로 놀랍지 않습니까?"

"그래, 나도 감탄하고 있는 중이다."

그러는 동안 한얼의 구세신화(救世神話)는 마지막으로 치닫고 있었다.

"그날에 우리 한얼님께서 구원한 아시아 사람이 십이만 명이었습니다. 그들 모두는 누가 자신들을 구했는지 몰랐지만, 실제로는 한얼님께서 구원하셨던 거지요. 그날 한얼님의 진면목을 알게 된 분들이 모인 것이 한얼교의 출발입니다. 실로 믿어지지 않는 이야기라고 생각하고 계시지요?"

"……."

두 여자는 쉽게 믿어지지 않아서, 나머지는 어이가 없어서 침묵했다.

"믿으십시오. 여러분의 믿음이 여러분을 구원할 것입니다."

"아멘?"

장난기가 발동한 최명석의 반응에 정완구 선도사가 정색을 했다.

"성도에서 그런 말은 사용하지 않습니다. 자랑스러운 우리 한얼교 앞에서 그런 썩어 빠진 서양 종교의 구호를 입에 올려서야 쓰겠습니까?"

"아, 죄송합니다."

최명석의 사과에 정완구 선도사가 미소로 화답했다.

"망해 버린 옛 풍조는 따르지 마십시오. 진리는 한얼님밖에 없습니다."

"알겠습니다!"

정완구 선도사는 최명석의 열렬한 반응에 만족한 듯 고개를 끄덕였다.

"믿음이 없다고 염려할 것은 없습니다. 성도에서 살다 보면 한얼님의 기적을 종종 목도하게 될 것입니다. 그때는 믿음이 막아도 막 들어옵니다. 저도 그랬습니다."

이야기가 종교에서 맴돌자 안상혁이 조심스럽게 물었다.

"선도사님, 성지에 관한 것은 더 없는 건가요?"

"예? 무슨 말씀이신지?"

"성지순례가 끝난 것인지 궁금해서요."

"아, 마지막으로 하나가 더 남았습니다. 성지에는 한얼님께서 직접 만드신 온천탕이 있습니다. 그곳은 신도들에게만 개방되어 있습니다."

"아!"

"어머! 온천탕?"

이제 정착하기로 마음을 굳힌 유미란과 한소희의 입에서 탄성이 흘러나왔다. 이 한파 속에서 온천탕을 즐길 수 있다면 지옥이라도 마다하지 않을 것이다!

임지연과 김미연이 의미심장한 눈빛으로 고개를 끄덕였다.

성지순례는 그렇게 끝이 났다.

숙소인 삼정중학교로 돌아가자마자 유미란을 비롯한 다섯 여자는 긴급회의를 가졌다. 유미란과 한소희는 자신들이 보고 들은 것을 가감 없이 전했다.

한얼님이 손수 만든 온천탕의 이야기에서 여자들은 탄성을 내질렀다.

한참 만에 정소이가 물었다.

"그런데 저쪽 분들은 어떻게 한대요? 여기에 정착한대요? 떠난대요?"

"왜?"

"아니, 그냥…… 궁금해서요. 착한 사람들 같던데."

한소희가 상관없다는 듯 가볍게 말했다.

"이야기하는 걸 들으니까 떠날 것처럼 말하던데?"

"왜요? 그 사람들도 이런 곳을 찾아다니던 거 아니었어요?"

"모르지, 워낙 도깨비 같은 사람들이니까. 자기들끼리 무슨 비밀이 그렇게 많은지…… 끼리끼리 모여서 속닥거리고……. 난 그런 게 너무 싫더라."

"그래도 우리에게는 고마운 분들이잖아요."

"한때 고마운 건 고마운 거고, 앞으로 살아야 하는 건 또 다른 문제잖아. 넌 언니들이랑 같이 남지 않을 거야?"

"남고 싶은데…… 저분들도 같이 남았으면 좋겠어요."

"어머, 쪼끄만 게 의리 없네. 확실히 정해. 우리는 남을 거고, 저 사람들은 떠난다고 했으니까."

"근데 남으면 뭐 먹고 살아요?"

정소이의 물음에 한소희가 유미란에게 시선을 돌렸다.

"언니, 진짜 어떻게 되는 거야?"

"신도가 되면 의식주가 제공된다고 하잖아. 신도가 되면 되겠지."

"아! 그렇구나. 소이야, 한얼교 신도가 되면 고민 끝이란다. 오케이?"

"언니, 한얼교가 뭐야? 어쩐지 느낌이 사이비 종교 같아."

"아무렴 어때? 집도 주고 먹을 것도 준다는데. 너 지금 배부른 소리 하고 있는 거 알아?"

"그런가……."

정소이가 말을 흐렸다.

소희 언니의 말대로 자신이 배부른 소리를 하고 있는 것 같기도 하다. 저 사람들을 따라다니면서 그렇게 된 것 같다. 저 사람들은 종교를 권하지도, 따르라고도, 믿으라고도 하지 않았다. 저 사람들은 그냥 아낌없이 베풀어 주기만 했다.

게다가 그 따스한 불.

정소이는 숙영지에 언제나 피워져 있던 그 불을 잊지 못할 것 같았다.

풍족하지는 않지만 굶주리지 않을 정도의 음식이 있고, 추위를 막아주는 불이 항상 곁에 있었는데, 언니들은 왜 저 사람들을 떠나려고 하는 것일까?

고민하고 있는 정소이의 곁으로 박미경이 다가갔다.

"소이 언니, 어떻게 할 거야?"

두 살 터울의 정소이와 박미경은 남들보다 친하게 지냈다. 그래서 그런지 박미경은 근심이 가득한 얼굴이었다. 정소이가 혹시라도 떠날까 봐 걱정하는 것이다.

"솔직히 잘 모르겠어. 언니들을 생각하면 남고 싶은데, 저 사람들이랑 같이 가고도 싶고……."

"언니, 우리 같이 여기 남자. 저 사람들이랑은 안 친하잖아."

"모르겠다……."

말은 그렇게 했지만 정소이는 자신이 남을 거라는 걸 알았다.

그나마 친한 사람들이 죄다 남겠다는데 누굴 보고 저 사람들을 따라간단 말인가!

그러나 정소이의 그런 마음은 한소희의 고함 소리에 산산이 깨져 버렸다.

"야! 정소이! 너 어떻게 할 거야? 남을 거야? 갈 거야? 확실히 말해! 박쥐처럼 오락가락하지 말고!"

"갈 거야!"

"……."

계속된 채근에 화가 난 정소이는 저도 모르게 간다고 소리를 내질렀다.

"그럴 줄 알았어! 하여튼 의리 없는 년이라니까."

이어지는 한소희의 욕설에 정소이도 마음을 굳혔다.

생각해 보면 언니들과의 만남도 그리 오래된 것은 아니다. 농촌을 떠돌다가 알게 된 사이다. 전부터 알고 지내던 사이도 아니다.

우연히 만나서 살을 부대끼다 보니 정이 들었을 뿐이다.

그래도 의리 없는 년이라느니, 그럴 줄 알았다느니 하는 말을 듣자 눈물이 핑 돌았다.

아직 어린 박미경은 아무런 말도 하지 못하고 정소이의 눈치만 살폈다.

정소이가 그런 박미경에게 물었다.

"같이 갈래?"

"미안해 언니. 난 떠돌아다니는 거 무서워."

"그래. 그렇구나……."

정소이는 뒤늦게 깨달았다.

모두가 자신의 선택이다. 자기가 떠나겠다고 한 것처럼, 미경이는 남기로 한 것이다. 누구 때문도 아니고, 누군가를 탓할 일도 아니다. 그저 각각의 선택에 따른 것일 뿐이다.

그렇게 생각하니 갑자기 마음이 편해졌다.

정소이는 눈물을 훔치고, 몇 개 되지 않는 자신의 짐을 꾸렸다.

그리고 언니들 틈에서 벗어나 아직은 낯선 사람들 속으로 들어갔다.

다행히 사람들은 반갑게 맞이해 주었다.

얼마 지나지 않아 정소이는 이 사람들이 언니들만큼이나 다정하고 친절하다는 것을 알았다.

*　　*　　*

"그건 화산 활동 때문에 생성된 화산 온천이에요."

지질학의 권위자인 김미연의 말에 다들 멍한 표정을 지었다.

임지연이 보충 설명을 했다.

"이천에 온천 공원이 있었어요. 어쩌면 성지가 그곳일지도 몰라요."

"에? 온천 공원이라고요?"

최명석이 눈을 휘둥그렇게 떴다.

"한얼 교주가 노천 온천을 개발한 거잖아요? 그럼 좋은 거네요?"

임지연이 고개를 저었다.

"좋아할 수만도 없어요. 너무 뜨거웠어요. 지진 활동 때문에 마그마가 지표면으로 더 밀려 나온 것 같아요. 미연 씨와 저는 그곳에서 아직 미약하지만 아황산가스(SO2)의 냄새를 맡았어요."

"아황산가스요?"

김미연이 어두운 표정으로 말했다.

"네, 임 박사님 말이 맞아요. 성지의 땅이 녹은 건 화산 활동의 영향을 받아서예요. 그 사람들이 성지에서 경작을 포기한 것도 당연해요. 그 땅에서는 아무것도 자랄 수가 없어요. 대지의 높은 온도와 아황산가스 때문이죠. 근처의 물도 이미 산성화되었을 거예요.”

“심각한 정도인가요?”

“요즘과 같이 빈번한 지진이면, 조만간 이 지역에서…… 화산 폭발이 일어날지도 몰라요.”

“헐! 성도가 아니라 불지옥이 될 수도 있겠네요?”

“…….”

임지연과 김미연은 아무런 말도 하지 않았다.

“형님, 한얼교에 알려 줘야 할까요?”

최명석의 물음에 안상혁이 고개를 설레설레 저었다.

“아서라. 괜히 그런 말 꺼냈다가 무슨 봉변을 당하게 될지 모른다. 여기서는 한얼이 신(神)이고, 그가 성지를 만들었다고 가르치고 있는데……. 화산 활동의 결과라고 해 봐라. 우리를 가만히 내버려 두겠냐? 잘못하다가는 도시를 상대로 싸워야 할지도 몰라. 사이비 광신자들과 대화가 통하겠냐?”

“그래도 피난민들이 피해를 입을 수 있잖아요.”

“잘못하면 우리가 휘말려…… 사람들이 다칠 수도 있다. 형님은 어떻게 생각하십니까?”

안상혁의 시선이 강유진에게로 향했다.

이번 일은 전적으로 그의 뜻에 따라야 한다는 생각에서다.

“글쎄다. 한얼이 어떤 사기꾼 녀석인지는 몰라도 일단 정보는 흘려 줘야 하지 않겠냐? 그래야 나중에 우리 마음도 편할 것 같은데.”

안상혁은 고집을 부리지 않았다.

사실 그 자신도 어느 정도 뒷일에 대한 책임을 느끼고 있었다.

“그럼, 처음에 만났던 경비대장을 만나 보겠습니다. 그나마 그 사람이라면 말이 좀 통할 것 같았으니까요. 그에게 온천탕과 성지가 화산 활동의 결과라는 걸 알려주면…… 소문이 좀 돌 겁니다.”

“이동민인가 하는 사람?”

“예. 그나마 그 사람은 좀 이성적인 것처럼 보였습니다. 말하는 투로 봐서는 한얼교에 깊이 빠진 것 같지도 않았고…….”

“그렇다면 그를 통해 위험을 알려 봐. 알아들으면 다행이고, 아니면 어쩔 수 없고. 하지만 누가 알겠어? 인간의 운명을…….”

“그렇기는 합니다. 화산이라는 게 터진다 터진다 하면서도 잘 안 터지니까 말입니다. 백두산이 터진다고 그렇게 난리를 치더니 아직 건재한 걸 보면…….”

안상혁은 말끝에 슬쩍 김미연의 눈치를 살폈다.

지질학자들의 예고가 늘 현실화되는 건 아니다. 백두산의 경우를 봐도 그렇다. 지금도 사실 모를 일이다. 화산 폭발의 위험을 알려 준다고 하지만, 백두산을 생각하면 그마저도 확신하기 어렵다. 괜히 벌어지지도 않을 일로 벌집만 건드려 놓는 일이 될 수도 있다.

안상혁과 눈이 마주친 김미연이 다소 쌀쌀맞게 말했다.

"미래를 다 알 수는 없어요. 지질학자들도 자신들이 신이 아니라는 걸 알아요. 우리는 그저 당면한 위험을 경고할 뿐이에요. 실제로 그런 일이 벌어지지 않으면, 하늘에 감사할 일이죠. 하지만 지질학자가 허튼소리를 한 건 아니에요. 바다에 들어갈 때 구명조끼를 입는 건 익사(溺死)의 위험에 대비하는 거라고요. 지금까지 아무 일도 없었으니 구명조끼를 벗겠다고 말하는 사람은 없어요. 보통 사람들은 구명조끼 쓸 일이 없었다는 걸 감사하게 생각하고 산다고요. 지질학자들의 지진 예고도 그렇게 받아들이시기를 바라요."

"아니, 그게, 지질학자들을 무시하려고 그런 게 아니라…… 이곳의 화산이 실제로는 터지지 않을 수도 있다는 뜻에서 한 말이었습니다."

"아, 네에, 알아요. 여하튼 지질학자의 입장에서 위험을 예고하지만, 그 일이 일어나지 않기를 바란다는 걸 알아줬으면 해서 한 말이에요."

"이해합니다."

안상혁은 김미연의 표정이 부드러워지자 내심 안도의 한숨을 내쉬었다. 여자와 다툼 없이 살아가는 게 전쟁보다 어렵다는 생각이 든다.

최명석이 지쳐 보이는 안상혁의 어깨를 가볍게 두드렸다.

"형님, 그래서 공자님도 일찍이 말씀하시지 않았습니까. 여자와 거.시.기. 는 다루기 어렵다고……."

공자는 일찍이 '여자와 소인배는 다루기 어렵다. 가까이하면 불손해지고 멀리하면 원망하기 때문이다' 라고 했다. 하지만 최명석은 소인배라는 말 대신 거시기라고 했다. 그 역시도 여자들의 입에 오르내리는 것이 무서웠기 때문이다.

다행히 마초들 세계에서 어쩌다 인용되는 그 말을 알아들은 여자는 없었다.

화산 폭발 예고에서 촉발된 안상혁의 돌발 발언은 그렇게 진화되었다.

그러나 누구도 그 예고가 몰고 올 파장에 대해서는 깊게 생각하지 않았다. 강유진과 함께하다 보니 위험에 대해 낙관적으로 받아들이는 습관이 생긴 탓이다.

하지만 사람이 바라는 것과 실제로 일어나는 일은, 애석하게도, 상당 부분 일치하지 않는다.

제5화

위기는 기회가 아니다

안상혁이 제2 경비대장 이동민을 만난 것은 이틀날 아침이다. 그 뒤로 반나절 만에 화산 폭발의 소문이 온 도시에 퍼졌다. 전파 속도는 강유진 일행이 기겁을 할 정도로 빨랐다.

본래 강유진 일행은 소문이 서서히 퍼지기 시작할 때 도시를 떠나려고 했다.

그러나 강유진 일행은 본래 의도와 달리 소문의 중심에 서고 말았다.

한얼교의 사람들이 삼정중학교의 출입문을 봉쇄했다.

결국 강유진 일행은 삼정중학교를 떠날 수도 없게 되었다.

그 뒤로 소문은 기괴하게 변질되어 도시를 물들였다.

“사흘 내에 화산이 폭발한다더라.”

“화산이 터지면 10킬로미터 안의 사람들이 모두 죽는다.”

“한얼교가 제일 먼저 재가 될 것이다.”

“한얼교의 가르침은 모두 거짓이다. 땅이 녹은 것은 화산 활동 때문이다.”

“한얼교 교주가 야반도주를 준비 중이라고 한다.”

“한반도가 이천의 화산 폭발로 두 쪽이 나고, 사람들은 모두 죽게 된다더라.”

“어차피 피할 곳도 없다. 앉아서 죽어라.”

“삼정중학교에 화산 폭발을 막아줄 과학자들이 있다.”

“사이비 종교에 의지하지 마라, 과학이 진리다.”

“과학자들이 사이비 종교를 심판한단다.”

“누가 진짜인지 곧 알게 될 것이다.”

“화산 폭발은 헛소문이다. 성도를 혼란에 빠뜨리려는 불순분자들의 음모다.”

사람들은 기다렸다는 듯 도시의 위험에 대해 떠들고 다녔다. 그러면서도 누구 한 사람 성도를 떠날 생각은 하지 않았다. 사람들은 이 새로운 도시의 종말을 두 눈으로 확인하고 싶어 하는 듯했다.

안상혁은 "사람들이 목숨을 걸고 싸움 구경에 나섰다"고 표현하기까지 했다. 물론 여기서 말하는 싸움은 강유진 그룹과 같은 이른바 불순분자들과 한얼교 간의 싸움이었다.

본래 강유진 일행은 경비대장을 만난 뒤 짐을 꾸려서 떠나려고 했다.

그러나 그렇게 할 수 없었다. 소문을 듣고 많은 피난민과 신도들이 학교를 찾아왔다. 그들의 질문에 일일이 답해 주다 보니 반나절이 훌쩍 지났다. 그리고 그때쯤 경비대가 학교의 출입구를 봉쇄했다. 그 뒤로는 그저 사태의 추이를 지켜보는 수밖에 없었다.

그날 이후로 강유진 일행은 본의 아니게 본관 중앙의 과학실을 차지했다.

본래 다른 피난민—이천의 무슨 가구 공장에서 왔다고 했다—들이 있던 자리지만, 그들은 자리를 양보하고 옆 교실로 물러났다. 누가 봐도 건물의 입구 쪽에 강유진 일행을 몰아넣은 형국이다. 학교에 있는 피난민들은 강유진 일행에게 싸울 자리를 마련해 주고, 자기들은 조금 떨어진 곳에 둥지를 틀었다.

덕분에 좋아진 것은 강유진 일행이다. 넓은 과학실을 통째로 차지하게 되어 흩어지지 않아도 되었던 것이다.

사람들은 흩어지지 않고 함께 있을 수 있게 됐다며 좋아했다.

강남에서 따라 나온 사람들은 강유진의 신비한 능력을 안다. 그래서 이번 일도 강유진이 어떻게든 잘 처리할 것이라고 믿었다. 그들의 관심사는 오직 하나였다. 바로 강유진의 지인들에게서 떨어지지 않는 것이다.

물론 모든 사람들이 과학실로 간 것은 아니다.

예컨대 유미란과 세 명의 여자들은 소동이 일어나던 날 학교를 떠났다. 그리고 정식으로 한얼교에 입교(入敎)하는 절차를 밟았다.

한얼교에서는 유미란 일행을 모두 여사제로 임명했다.

한얼교에 대한 정보가 부족했던 유미란 일행은 여사제를 수녀로 생각하고 오히려 좋아했다.

하지만 정확히 사흘 후에 열린 한얼교의 집회에서 그녀들은 땅을 치고 후회한다.

집회 후반부에 남자 신도들이 여사제들에게 달려들어 난교(亂攪)를 벌였던 것이다.

사실 한얼교는 민족 종교라는 설명과 다르게 고대 바벨론이나 중동, 그리고 그리스 시대에 성행했던, 남자들이 풍요를 기원하며 여사제들과 질펀하게 즐긴 것을 흉내 내고 있었다. 대내외적으로 혼음이 필요한 가장 큰 이유는 고대인들처럼 풍요를 위해서였다.

“좋은 일 한다고 하다가 괜히 일이 커졌네요.”

창가에 선 최명석이 "쯧쯧" 하고 혀를 찼다.

오도 가도 못하게 된 현실이 답답한 것이다. 물론 답답한 것뿐이다. 정말 나가려고 하면 아무 때고 나갈 수 있다. 그러나 강유진은 가타부타 말없이 지켜보고만 있었다.

"답답해도 며칠만 더 두고 보자."

안상혁이 담배 연기를 내뿜으며 최명석을 다독였다.

최명석과 달리 안상혁은 서두르지 않았다.

어차피 급하게 가야 할 곳이 있는 것도 아니다. 억지로 나가려 했다가는 불필요한 싸움이 벌어질 수밖에 없다. 그러나 안상혁은 한얼교의 경비대를 상하게 하고 싶지 않았다. 그들은 강도단과 질적으로 달랐다. 도시와 자신들의 믿음을 지키겠다고 손에 총을 든 사람들이 아닌가!

"형님, 지금 소문이 장난 아니에요. 우리가 피하고 싶다고 피해지는 싸움이 아니란 말입니다. 기다린다고 달라질 건 없어요."

강유진이 그런 최명석을 보며 크게 웃었다.

"하하, 서둘러 가야 할 곳은 있고?"

"아니 꼭 그런 건 아니지만……. 그래도 우리가 움직여서 주도권을 찾아와야 하지 않겠습니까? 지금은 처분만 기다리는 모양새잖아요."

최명석은 남들의 눈에 그렇게 비쳐지는 게 싫었던 모양이다.

"아무렴 어떠냐? 떡 본 김에 제사 지낸다고, 이참에 좀 푹 쉬었다가 가자. 환자들도 치료하고."

"형님, 상대에게 끌려다니느냐, 상대를 끌고 나가느냐는 큰 차이가 있습니다. 지금은 상대가 다른 수작을 부리지 못하도록 정신없이 몰아쳐야 한다니까요."

안상혁이 담배를 비벼 끄고 최명석에게 다가갔다.

"명석아, 지금 우리가 전쟁을 하고 있는 건 아니잖냐? 조금만 진정하자. 우리가 흥분하면 여러 사람이 죽는다. 이편이든 저편이든 목숨은 소중한 거잖냐."

"그야 맞는 말씀이신데……."

최명석이 말끝을 흐렸다.

느낌이 좋지 않았다.

지난밤 꿈자리도 사나웠다.

그래서 더 서두르고 있는 건지도 모른다. 하지만 이런 이야기를 했다가는 놀림감만 되고 말 게다.

"에혀! 알겠습니다."

결국 최명석은 강유진을 믿고 그냥 쉬기로 했다.

*　　*　　*

금요일 밤부터 시작된 한얼교 광란의 집회는 일요일 아침에야 끝이 났다.

엄밀히 말해 끝난 시간은 토요일 저녁이지만, 집회에 참가했던 사람들이 일요일 오전에서야 하나둘씩 깨어나 자기 자리로 돌아갔기 때문이다.

교주인 한얼과 그를 지탱하고 있는 대선사(大宣師)들이 시청에 모인 것은 10시가 넘어서다.

대선사는 서열상 교주 바로 아래에 있는 명실공히 한얼교 최고의 어른이다. 그렇지만 현재 대선사들의 평균 나이는 43세였다. 지식이나 인격보다 힘이 우선되는 한얼교의 성격상 자연스러운 현상인지도 모른다.

한얼이 불만스러운 얼굴로 아홉 명의 대선사들을 돌아보았다.

모두가 다들 자신보다 한두 살이 많은 사람들인지라 기분대로 막 대할 수도 없다.

한얼은 몇 번 한숨을 내쉬다가 천천히 운을 뗐다.

"지금 성도에는 온갖 해괴망측한 잡설이 나돌아 다니고 있습니다. 저들을 학교에 잡아 둔 지 벌써 사흘째인데, 어쩔 생각입니까?"

언제 처리할 거냐는 물음이다.

대선사들을 실질적으로 이끌어가고 있는 한정수가 답했다.

"교주님, 너무 신경 쓰지 마십시오. 오늘 선도사를 보내 쌀을 압류하고 쫓아낼 것입니다."

"다 좋은데, 우리가 너무 물러 보이지 않게 일을 확실히 처리해 주십시오. 사람들의 마음이 흔들리고 있습니다."

"그렇지 않아도 그러라고 지시를 내렸습니다. 그 분수를 모르는 여행자들과 우리 한얼교는 이미 같은 하늘 아래 살 수 없다는 말까지 나오고 있습니다. 교도들도 온정을 베풀 단계는 오래전에 지났다는 것을 알고 있습니다. 만족스럽게 처리해 드리겠습니다."

한정수의 오른팔로 불리는 이재완이 거들고 나섰다.

"일 처리를 맡은 자가 누군지 알면 오히려 저들을 동정하게 될 겁니다."

"누굽니까?"

"들어보셨을 겁니다. 박심연이라고."

"아! 마지막 성전(聖戰)에서 배교자들의 목을 모두 자른…… 그 사람입니까?"

한얼의 입이 쩍 벌어졌다.

이천은 쌀의 고장이다. 정부가 사라지자 그 쌀을 차지하기 위해 사람들은 내전에 가까운 싸움을 벌였다. 그 싸움의 최후 승자가 한얼교다.

이천을 장악하기까지 모두 일곱 차례의 크고 작은 전투가 벌어졌다. 그중 가장 극악했던 것이 시청 앞에서의 마지막 총격전이다.

그 전투에서 한얼교는 이십여 명이나 되는 이천 자경단 지도자들을 포로로 잡았다. 그들 중 열 명은 입교를 선택했지만, 나머지 열 명은 거부했다.

그들을 포로로 잡았던 사람이 제9 경비대장 박심연이다. 그는 죽은 교도들의 복수라며 입교를 거부한 열 명의 목을 직접 참수(斬首)했다.

처음 한사람의 목이 잘리자 나머지 아홉은 즉시 입교를 맹세했다.

그러나 박심연은 그들의 맹세를 받아들이지 않았다.

그들이 쏟아낸 피로 시청 앞마당에서 한동안 피비린내가 가시질 않았다.

그날 이후로 박심연은 괴물로 불렸다.

"박심연은 너무 센 것 아닙니까? 보는 눈도 많은데……. 조금 우려가 되는군요."

"교주님, 그자들은 대놓고 우리 한얼교를 부정했습니다. 입교를 거부한 자들과는 비교도 되지 않는 죄지요. 박심연이 아니면 안 됩니다. 어차피 길들이기를 해야 할 시기가 되기도 했습니다. 그동안 경작을 하네 마네 말들이 너무 많았습니다."

"그래도 너무 강하게 나가면 반발이 있지 않겠습니까?"

"교도는 더 이상 받아들이지 않아도 됩니다. 이참에 학교의 피난민들을 모두 정리합시다. 그냥 내버려뒀더니 주인 행세를 해서 안 되겠습니다. 우리가 교도들의 피로 세운 성도인데 거저먹으려고 들다니…… 안 될 말이지요."

"흠, 이왕 그렇게 결정했다면 짧고 굵게 밀어붙이십시다."

"여기서 더요?"

"우리에게는 특작부대 천군(天軍)이 있질 않습니까? 이럴 때 써먹어 보는 것도 괜찮을 듯싶은데요."

한정수 대선사의 눈이 휘둥그렇게 떠졌다.

천군은 요인 납치와 암살, 폭파 등에 특화된 부대다. 그들은 모두 전직 특수부대 출신의 사람들로 다루기가 쉽지 않았다. 교단에서 의식주와 난교를 제공해 주지 않았다면, 진즉에 강도단으로 변해서 이천 일대를 휘젓고 다녔을 것이다.

"천군까지 필요하겠습니까? 그럼 정말 초토화될 텐데……."

"어차피 학교에 있는 피난민들의 물품을 강제 징발하면 반발이 극심할 겁니다. 이번 기회에 그들을 성도에서 쫓아내고 물갈이를 해야 합니다."

"말들이 많을 텐데요."

"대선사님, 우리가 얼마나 이곳에서 버틸 수 있을 거라고 생각하십니까?"

"……."

"경작지를 찾아야 합니다. 그러지 않으면 우린 모두 죽습니다. 이 땅에서는 아무것도 자라지 않습니다. 땅이 저주를 받았어요. 그 이단자들 때문에……."

"아! 이단자들 때문에 땅이 저주를……."

교주의 말속에서 그 뜻을 짐작한 한정수 대선사가 고개를 끄덕였다.

인류의 생존과 직결된 땅이 저주를 받았다. 그 정도의 죄라면 박심연과 천군을 투입해도 성도의 교도들은 이해해 줄 것이다.

* * *

점심 무렵, 처음 거래를 했던 통통한 남자가 불쑥 찾아왔다.

"안녕하십니까? 문배임이라고 합니다. 정식으로 인사하기는 처음이지요? 지금쯤 알고 계실 거라고 생각합니다만, 이전 M마트의 총괄 매니저로 일했었습니다. 그래서 요즘은 장사에 매진하고 있기도 합니다."

옹기종기 모여 한낮의 희미한 햇살을 즐기고 있던 강유진 일행이 자리에서 일어났다.

"강유진입니다. 그리고 이쪽은 제 동생들인 안상혁과 최명석입니다."

강유진은 상대의 방문 의도를 알지 못하는 터라 여자들의 소개는 생략했다.

문배임은 안상혁과 최명석에게 눈인사를 보내고, 여자들을 향해 가볍게 목례를 해 보였다.

갑작스러운 통성명이 끝나자 강유진이 물었다.

"여기는 어쩐 일이십니까? 혹시 거래할 게 더 있나요?"

문배임이 과장된 몸짓으로 손사래를 쳤다.

"와우! 정말 대범한 분들이시군요. 이런 상황 속에서도 거래를 생각하고 있다니? 물론 원하시는 게 있다면 저야 언제라도 환영입니다. 하지만 오늘 찾아온 것은 조금 다른 이유 때문입니다."

"다른 이유요?"

"제가 이 근방에서 장사를 크게 하다 보니 가만히 있어도 저 위에 있는 분들의 소식이 들려옵니다."

문배임이 시청 쪽을 가리켜 보였다.

"아!"

강유진은 문배임이 한얼교와의 일로 찾아 온 것임을 깨달았다.

"조만간 한얼교에서 학교를 정리할 거라는 정보가 있습니다."

"지금도 폐쇄 상태인데, 정리라면 더 강도 높은 조치를 취할 거라는 말씀인가요?"

"사실 한얼교가 지금처럼 조용한 건, 제가 볼 때는 기적입니다. 피난민들끼리 사소한 시비만 벌여도 즉시 개입해서…… 재산을 압수하고 쫓아냈거든요."

"아니, 남의 재산을요?"

최명석은 황당하다는 표정을 감추지 않았다.

"그렇습니다. 재산 압류가 첫 번째 절차입니다. 그다음은 인정사정없이 도시 밖으로 내몰았습니다."

"사람들이 순순히 따르지 않았을 텐데요?"

"총칼을 앞세우는데 당해낼 사람이 있나요? 당장 죽지 않으려면 나가야지요."

"와아! 한얼교 쎄네요?"

"……."

뒤늦게 문배임은 뭔가 이상하다는 걸 깨달았다.

'그러고 보니 이 사람들…….'

얼굴에 긴장감이 없다. 마치 남의 이야기를 듣는 그런 분위기다.

한순간 '혹시 내가 잘못 알아듣게 말했나?' 하는 의구심이 들 정도다.

잠시 고민하던 문배임은 신경 쓰지 않기로 했다. 어차피 살든지

죽든지 그들의 문제다. 자신이 알고 싶은 건 따로 있다.

"그런데 정말 성지의 땅이 녹은 게 화산 활동 때문입니까?"

강유진이 임지연과 김미연을 가리키며 답했다.

"여기 계시는 두 박사님들이 그렇다고 하는군요."

"아! 박사님들이셨군요. 만나서 반갑습니다."

문배임이 임지연과 김미연을 향해 정중하게 고개를 숙여 보였다.

문득 '이 일행의 구성원이 참 별나다'는 생각이 그의 머릿속을 스치고 지나갔다.

이리저리 흩어져 쉬고 있는 오십여 명의 사람들은 길에서 흔하게 마주칠 수 있는 피난민들이다. 그런데 그들을 이끌고 있는 이 소수의 남녀는, 다시 봐도 평범하지 않았다.

지질학의 전문가인 김미연이 짧고 간결하게 말했다.

"지진과 가스의 방출 등을 고려해 볼 때, 머지않아 성지나 성도 어딘가에서 폭발이 일어날 거예요. 하지만 곧 터질 거라는 지질학자들의 예측에도 불구하고, 아직 건재한 백두산도 있다는 걸 참고하시기 바라요. 그렇죠?"

말미에 김미연은 안상혁을 향해 싱긋 웃어 보였다.

다시 나온 백두산 얘기에 안상혁이 멋쩍은 표정으로 머리를 긁었다.

문배임의 입에서 한숨이 길게 흘러나왔다.

"하아! 성지가…… 화산 활동의 결과였군요. 소문을 듣고 반신반의(半信半疑)했었습니다. 하지만 여러분을 보니 확실한 정보라는 생각이 드네요."

이들은 절대 평범한 사람들이 아니다. 그런 사람들이 하는 말이다.

믿어야 한다!

지금까지 사람만 상대하며 살아왔다. 사람을 보는 눈 하나 만큼은 자신할 수 있다.

이 사람들은 진짜다!

한얼교와 같은 사이비 집단이 아니다!

마음을 굳힌 문배임이 결연한 어조로 말했다.

"감사합니다. 큰 도움이 됐습니다. 저는 일행을 이끌고 이 도시를 떠날 생각입니다. 여기 오기 전까지 망설였는데, 여러분을 만나고 확신이 생겼습니다."

"하지만 한얼교가 정문을 폐쇄했는데……. 그게 가능하겠습니까?"

안상혁의 물음에 문배임이 되물었다.

"여러분은 언제고 떠나시겠죠?"

"네."

"그때 묻어 나가도 되겠습니까?"

안상혁이 웃으며 강유진을 가리켰다.

"우리 형님은 오는 사람 안 막고 가는 사람 안 잡습니다."

"하하! 역시 그랬군요. 아! 혹시 아가씨들 여럿이 크게 물을 먹은 걸 알고 계십니까?"

"아가씨들이요?"

"왜, 여러분과 함께 성도에 들어왔다가…… 한얼교에 투신한 아가씨들 있지 않습니까?"

"아! 그 아가씨들에게 무슨 일이 있습니까?"

"저런, 소식을 듣지 못하셨나 보군요. 그 아가씨들은 모두 한얼교의 여사제가 되었습니다."

"……."

문배임이 말을 멈추고 안상혁과 강유진의 눈치를 살폈다.

혹시라도 이 남자들이 그 아가씨들과 깊은 관계일 경우, 여사제가 무슨 일을 하는지 알고 있다면 곤란한 상황이 될 수도 있다는 생각에서다.

그러나 강유진의 일행 중에는 그녀들과 친한 사람은 물론, 한얼교 여사제에 대해서도 아는 사람이 없었다.

당연히 눈만 끔뻑이며 문배임의 입만 바라보았다.

문배임은 내심 안도의 숨을 내쉬었다.

이들은 그 여자들과 깊은 관계도 아니고, 여사제가 뭔지도 모른다.

그렇게 생각하니 마음에 부담도 사라졌다. 피차 잘 모르는 사람들에 대한 이야기인 까닭이다.

“한얼교에서는 한 달에 한 차례씩 성대한 제사를 지냅니다. 이삼일 동안 여러 가지 행사를 계속하는 것 같더라고요.”

가만 듣고 있던 최명석이 끼어들었다.

“행사요?”

“네, 교리도 가르치고, 체육 대회도 하고, 가끔 술도 나옵니다. 말이 제사지 실은 그냥 회사 단합 대회 분위기예요. 그래도 사람들은 이 제사에 빠짐없이 모여들지요.”

“아하! 한얼이 보여 준다는 기적 때문에?”

“하하, 한얼교 선도사의 이야기를 들으셨나 보군요. 한얼의 기적을 구경하기 위해 모이는 게 아닙니다. 제사 마지막 날에 시청홀에서 난교 파티가 열리거든요.”

“헐!”

“어머!”

“뭐래?”

맥없이 앉아 있던 모두가 화들짝 놀란 얼굴을 했다.

“…….”

문배임은 그런 사람들을 보며 더 놀랐다.

이 빌어먹을 시대에, 고작 난교 파티라는 말 따위에 충격을 받다니!

'화성에서 살다가 지구로 돌아왔나? 아니면 내숭인가?'

그러거나 말거나 문배임은 계속해서 말을 이어 나갔다.

"사람들이 모이는 것은 바로 그것 때문입니다. 딱히 하는 일이 없어서이기도 하지만, 역시 그것 때문에 모이는 거죠."

문배임은 난교 파티라는 말을 그것으로 바꾸었다. 괜히 자기만 쓰레기가 된 느낌이 싫어서다.

"그런데 성비(性比)가 잘 안 맞는 거예요. 항상 모자란 게 여자들이랍니다. 그래서 여사제 제도를 두기로 했다고 하더라고요. 난교 파티에 쓸 용도로 말이죠."

기세 좋게 설명하던 문배임은 순간 "아차!" 싶었다. 긴장의 끈을 놓는 바람에 이들이 듣기 싫어하는 단어를 써 버렸다.

"……."

여자들이 불쾌한 얼굴로 하나둘씩 일어섰다.

남자들의 표정도 가히 좋은 건 아니었다.

며칠 전까지 함께 숙식하던 여자들이 창녀가 되어 있단다! 비록 자신들의 발로 나간 거지만, 그래도 속이 불편한 건 어쩔 수 없었다.

침묵하던 강유진이 입을 열었다.

"여사제가 되기를 원치 않는 여자들은 어떻게 됩니까?"

"마약을 사용하기 때문에⋯⋯ 대부분 체념하고 순응한다고 하더군요."

"지금까지 모든 여자들이 다 체념하고 여사제가 됐답니까?"

"그 네 명의 아가씨들 말입니까?"

"아니요, 한얼교의 모든 여사제를 말하는 겁니다."

"아, 초기에는 자살하는 여자들도 많았다고 합니다. 하지만 마약을 사용하면서부터 자살하는 사람은 사라졌다고 하더군요. 어차피 여사제가 될 정도면 가족이나 보호자가 없는 사람들일 경우가 대부분 아닙니까? 그런 여자들이 먹거리를 구하기란 하늘의 별 따기 만큼이나 어려운 일이죠. 마약이 현실을 인정하고 타협할 때까지 걸릴 시간을 단축시켜 준다고나 할까요."

"정말 더러운 세상이 됐네요⋯⋯."

최명석이 중얼거렸다.

능력이 없는 여자가 먹고살려면 몸을 파는 수밖에 없다. 생존 환경이 힘들어질수록 그런 현상은 더욱 두드러지게 나타날 것이다.

"그래도 여자는 몸이라도 팔죠. 능력 없는 남자는 굶어 죽거나 얼어 죽지 않습니까."

"⋯⋯."

그 말을 끝으로 더 이상 아무도 그 문제에 대해 말하려 하지 않았다.

조금 떨어진 곳에서 이야기를 듣고 있던 정소이의 눈에서 눈물이 주르륵 흘러내렸다.

언니들과 이제 16세인 박미경이 불쌍해서 견딜 수가 없었다. 이상한 마을에 흘러들어 가 성노처럼 살다가 겨우 벗어났다 싶었는데, 난교 파티에 끌려다니고 있다니!

“언니, 왜 울어요? 어디 아파요? 아니면 가족이 생각나서 그래요?”

누군가 곁으로 와서 조심스럽게 물었다.

정소이는 손등으로 눈물을 훔치며 상대를 바라보았다.

귀엽게 생긴 여자아이가 곁에 쪼그리고 앉아 있다.

강하연이라고 했던가?

무리의 지도자로 알려진 저 아저씨의 딸.

사람들에게 사랑받고 있는 그녀를 보고 있자니 서러움이 북받쳐 올라왔다. 미경이와 하연이의 나이 차이는 고작 두세 살에 불과하다.

마약에 취해 남자들 속에서 헤매고 다닐 미경이를 생각하니 왈칵 눈물이 쏟아졌다.

"흑흑……."

"어, 언니, 제가 뭐 잘못 말했나요? 미안해요. 일부러 그런 건 아니에요."

정소이는 하연이가 오해하지 않도록 황급히 말했다.

"아니, 너 때문에 그런 게 아니야."

정소이는 하연이에게 자신이 알고 있는 미경이에 대한 이야기를 들려주었다.

그녀가 어떻게 가족을 잃고 그 마을에 왔는지, 그 마을에서 어떤 꿈을 꾸었는지, 그 마을을 떠나면서 어떤 미래를 계획했는지를.

"그 불쌍한 미경이를 한얼교에서 여사제로 만들었대. 그 애는 이제 겨우 열여섯 살인데……. 아무리 세상이 망했어도, 어른들이 그러면 안 되는 거잖아."

"정말 너무하네! 언니! 걱정하지 마! 우리 아빠한테 말하면 도와줄 거야!"

"아니야, 괜찮아. 말만이라도 고마워."

정소이는 이 거대한 도시의 주인이 한얼교라는 것을 알고 있었다. 그리고 그게 어떤 의미인지 알 수 있는 나이이기도 했다. 그건 저, 과학실 중앙에 모여 뭔가를 상의하고 있는, 세 명의 아저씨들이 감당할 수 있는 문제가 아니었다.

"진짜라니까! 내가 말할 테니까 잘 봐!"

하연이는 정소이가 말릴 틈도 없이 쌩하니 달려갔다.

"아, 괜찮다니까……, 얘! 하연아!"

그러나 이미 발동이 걸린 하연이는 돌아보지 않았다.

정소이는 안절부절못한 마음으로 하연이를 지켜보았다.

하연이의 난입으로 아저씨들의 회의가 중단되는 분위기다.

모두 자기가 생각 없이 한 말 때문이다.

갑자기 얼굴이 화끈 달아올랐다.

"괜찮다니까……. 정말 미치겠네……. 헉!"

이번에는 하연이가 두 팔을 허리에 척 걸치고 유진 아저씨의 앞에 섰다.

그리고 빠르게 뭐라고 말하는 것 같았다.

처음 보는 통통한 아저씨가 고개를 설레설레 저었다.

정소이는 근처에 자기가 들어갈 만한 크기의 쥐구멍이 있다면, 당장 들어가고 싶었다.

그런데, 그런데!

리더인 유진 아저씨가 고개를 끄덕였다.

하연이가 아빠와 하이파이브를 한 번 하더니, 갑자기 돌아서서 자신을 보고 손을 흔들었다.

정소이는 어색하게 웃으며 손을 번쩍 들어 올렸다.

잠시 후 하연이가 돌아왔다.

"언니, 우리 아빠가 도와준대."

"그, 그래? 아저씨들에게 야단 안 맞았어? 중요한 회의하시는 것 같던데."

"회의? 아닌데? 그냥 언제 떠날지 얘기하는 것 같던데?"

"그런 걸 회의라고 하는 거야."

"에이, 언니! 나도 잡담이랑 회의 정도는 구별할 줄 알아. 회의 아니라니까?"

답답해진 정소이가 한숨을 푹푹 내쉬며 말했다.

"하아, 너는 아직 어려서 잘 모르겠지만, 지금 아주 심각한 상황이야. 왜냐하면……. 아니다, 애들은 몰라도 된다."

"응?"

하연이는 무슨 소린지 모르겠다는 얼굴이다.

하연이의 흑백이 분명한, 맑은 눈을 보고 있자니 기분이 좋아진다.

정소이는 하연이의 머리를 손으로 쓰다듬었다.

"아니야, 하여튼 고마워."

답답한 마음을 털어놓을 수 있는 사람이 곁에 있다는 것만 해도 어딘가!

정소이는 하연이의 머리를 쓰다듬으며 미경이와 관계된 슬픈 기억을 애써 털어냈다.

"각별히 조심하십시오. 조만간 한얼교에서 어떤 움직임이 있을 겁니다. 위기는 기회가 아닙니다."

문배임은 뜻 모를 말을 끝으로 과학실을 떠나갔다.

창가에 서서 운동장을 가로질러 가는 문배임을 보고 있던 안상혁이 말했다.

"상황 파악이 빠른 친구입니다."

"그러니까 이런 곳에서도 장사를 하겠죠? 유태인을 보고 있는 것 같다는 생각이 들더라니까요."

최명석의 말에 강유진이 피식 웃으며 물었다.

"너 유태인을 본 적은 있냐?"

"리얼(real)로요?"

"야, 되지도 않는 영어는 그만 쓰고. 진짜 만나본 적 있냐고?"

"당연히 없죠. 드라마나 영화에서 봤습니다. 꼭 직접 봐야만 유태인을 알 수 있는 건 아니잖아요."

"명석아! 늘 느끼는 건데. 넌 너무 두꺼워. 특히 얼굴 피부가."

"에이, 형님, 그게 또 저의 매력 아니겠습니까?"

두 사람이 노닥거리는 동안 안상혁이 자리로 돌아왔다.

자리에 앉는 안상혁의 표정은 그리 밝지 않았다.

"형님, 무슨 고민 있어요? 얼굴이 영 안 좋네?"

"명석아, 네가 볼 때, 한얼교에서 목표로 하는 게 우리인 것 같냐? 아니면 이 학교에 있는 피난민 전체를 노리고 있는 것 같냐?"

"설마, 아무리 사이비래도 그렇지……. 이렇게 큰 도시를 운영하는 애들인데 피난민들을 털어먹으려고 하겠어요? 뒤에서 무슨 욕을 먹으려고."

"나는 그놈들이 욕먹는 거 신경 안 쓸 것 같아."

"왜요?"

"그런 놈들이 보란 듯이 난교 파티를 하겠냐?"

"아! 하긴……."

그럴 수도 있겠다는 듯 최명석이 고개를 주억거렸다.

"아까 그 사람이 한 말 기억나냐? 발등에 불이 떨어졌는데 너무 태연해 보인다고, 준비 좀 하시라고 그랬지?"

"네."

"그 사람들도 그렇고, 여기를 우리에게 물려주고 간 가구 공장 사람들도 그렇고…… 다들 남의 일처럼 생각하고 있던데……."

"형님 말이 맞다면, 그 사람들이야말로 발등에 불이 떨어졌는데 모르고 있는 거네요?"

"나는 솔직히 아니길 바란다만. 분위기상 아닐 수가 없어. 그렇지 않습니까? 형님?"

안상혁이 강유진에게 질문을 던졌다.

잠시 생각하던 강유진이 고개를 끄덕였다.

"듣고 보니 나도 그런 것 같다. 학교 출입구를 봉쇄한 건 학교 전체를 외부와 차단하겠다는 거잖아. 대상이 전체일 수도 있다는 거지."

갑자기 최명석이 눈을 반짝이며 말했다.

"형님, 우리는 다른 곳으로 가다가 여길 왔잖아요?"

"그랬지."

"그런데 다른 사람들은 만나 보니까, '이곳에 있는 성지가 녹아서 농사를 지을 수 있다' 는 소문을 듣고 온 거래요. 뭔가 느껴지지 않으세요?"

"뭐가 느껴지는데?"

"이 성도 자체가 하나의 거대한 거미줄과 같은 역할을 하고 있다는 거죠! 들어 보세요! 소문을 낸다. 사람이 모인다. 모여든 사람들은 신도가 되거나 거절한다. 신도가 되면 재산을 헌납하고, 신도가 아닌 사람은 학교에 모여서 지낸다. 그러다가 갑자기 홀랑 털리고 내쫓긴다! 아시겠어요?"

"글쎄, 알 것도 같고 모를 것도 같고……."

"생각해 보세요. 결국 성도에 온 사람들은 자의든 타의든 재산을 한얼교에 바쳐야 풀려나잖아요. 필(feel)이 오지 않으세요? 도시 전체가 거대한 거미줄인 겁니다. 일도 안 하는데, 이 도시의 신도들이 먹고 마시는 게 어디서 나오겠어요? 이야! 한얼교! 놀라운 생존 기술이다!"

강유진이 옆에 있던 안상혁에게 조용히 말했다.

"그런데 그렇게 몇 차례 털어먹었으면 소문이 나지 않았을까? 소문은 한번 돌면 끝 아니냐?"

"흠, 그것도 그러네요."

두 손을 들고 제자리에서 빙글빙글 돌던 최명석이 소리쳤다.

"방법이 있죠! 거미가 거미줄에 걸린 먹이를 살려줍니까? 다 잡아먹어 버리잖아요. 쫓겨난 사람은 극소수의 문제아들이고, 대부분은 여기서 생을 마감한 겁니다! 그런 일이 어떻게 가능하냐고요? 거미줄이니까요!"

안상혁이 인상을 찌푸렸다.

"야, 넌 너무 거미줄에 모든 걸 다 맞추는 경향이 있어. 모든 질문의 답이 다 거미줄이냐?"

"네, 거미줄이니까요."

"이런 제길."

결국 화가 난 안상혁은 정상적인 대화를 포기하고 돌아서고 말았다.

저녁이 됐다.

피난민들이 수돗가로 모여들었다.

사람들이 학교를 떠나지 않는 이유 중 하나는 수돗물이 공급되고 있어서다. 처음에는 고장 나 있었을 것이 분명한 그것은 한얼교의 철저한 관리 속에서 정상 작동했다.

강유진 일행도 학교에 있는 다른 피난민들처럼 수돗물을 이용했다.

그날의 밥 짓기 담당자는 박미나와 강하연이었다.

두 사람은 수돗물로 밥을 짓고, 국을 끓였다.

모든 사람들이 식후에는 시원하고 깨끗한 물로 입가심까지 했다.

길에서 마시던 눈 녹인 물과 달리 수돗물은, 그 자체만으로도 천상의 음료였다.

그리고 모두 비슷한 시간에 깊은 잠속으로 빠져 들었다.

최명석이 노래를 부르던, 진짜 거미줄에 걸리고 만 것이다.

제6화

피의 노래

해거름 무렵, 경기도 안산 시청에 기이한 문양의 현수막이 내걸렸다. 문양을 자세히 보면 삼각형의 피라미드 안쪽에 붉은 점이 찍혀 있는 그림이다. 급조한 게 아니라 제법 잘 제작된 그것을 보고 있노라면 문명의 파괴가 거짓말 같다는 생각이 들 정도다.

바람이 세차게 불어왔다.

현수막이 눈보라에 휘말려 파르르 몸을 떨었다.

금발의 백인 남자가 손을 툭툭 털며 중얼거렸다.

"한국의 수도는 서울이라고 들었는데, 왜 회장님은 서울행을 막는 거지? 어차피 최종 목표가 서울이면서 말이야."

카스트로의 말에 알렉스가 피식 웃었다.

"이봐, 서울이든 안산이든 별 차이가 없을 것 같다는 생각 안 드나? 어차피 눈에 파묻힌 작은 땅덩어리에 불과해. 예전처럼 유흥가를 찾아 즐길 수 있는 상황이 아니라고."

"그건 그렇겠군."

알렉스가 소리를 낮추었다.

"그런데 소피아가 데리고 온 아이는 아직도 그러고 다니나?"

"아직도 그러느냐고? 천만에, 전보다 열 배는 더 심해졌어."

"뭐? 열 배? 쯧! 한국 사람들만 불쌍하게 됐군."

"그래, 우리는 그 아이가 미국에 있지 않다는 걸 다행으로 여겨야 해. 정말 핵폭탄보다 더해. 그 아이에 대한 이야기를 듣는 게 지긋지긋할 정도야. 만약 회장님이 정한 법이 아니었다면, 내 손으로 죽였을지도 몰라. 존재 자체가 공해야."

"그 정도일 줄은 몰랐군. 소피아는 왜 가만히 있는데?"

"오! 불쌍한 소피아! 말도 말게. 그 아이 때문에 소피아는 제명대로 죽지도 못할 걸세."

"왜?"

"그 아이가 만든 좀비들을 소피아가 소각하고 다니거든. 몸이 열 개라도 부족할 거야."

좀비란 신인류에게 흡혈을 당한 존재를 의미한다. 그들은 인류보다 약간 강화된 신체를 얻지만 대신 생식 능력과 지능이 서서히 퇴화된다. 그러다 일 년쯤 지나면 완전히 지능을 상실하여 자기가 살던 동네도 잊게 된다. 좀비가 알츠하이머와 구별되는 점은 무시무시한 폭력성에 있다. 그렇게 완전한 좀비가 되면 손에 닿는 것은 뭐든 먹는다. 좀비라는 별명은 그래서 붙게 된 것이었다.

미국의 신인류는 정착 초기에 그런 과정을 알지 못해 웃지 못할 실수를 많이 저질렀다. 예컨대 마을 하나가 통째로 좀비화된 적도 있었다.

좀비화가 신인류의 생존에 악영향을 끼친다는 것을 알게 되었을 때, 협회에서는 이른바 '도시락 법'을 제정했다. 그것은 "특정 지구에 장기적으로 거주할 때 한 사람에게서만 흡혈을 하라"는 것이었다. 물론 상대가 사망하거나 좀비화가 되면 다른 사람을 구해도 됐다.

도시락 법이 만들어지고 난 뒤에야 신인류는 마을 단위의 좀비화를 막을 수 있었다.

그런데 그 아이는 처음부터 한 번 흡혈한 사람은 다시 찾지 않았다. 그래서 아이의 대모(代母)인 소피아가 바쁘게 돌아다녔다. 일 년 뒤에 희생자를 좀비로 돌아다니게 두는 것보다 차라리 실종자로 처리하는 게 낫다고 생각한 것이다.

물론 좀비든 실종자든 피난민들은 별 관심을 두지 않았지만 말이다.

"그 버릇을 아직도 고치지 못했나?"

"소피아가 그렇게 감싸주는데 고칠 틈이 있나!"

"에잇! 칸 락 님의 절대 법칙만 아니었어도……."

알렉스가 안타깝다는 듯 혀를 찼다.

일찍이 칸 락께서는 신인류들 간의 살육을 금지시켰다. 그것이 신인류의 번성을 위해서였는지, 혹은 다른 이유에서인지는 모른다. 그래도 신인류는 그것 하나만큼은 철저하게 지켰다. 그렇게 하지 않으면 칸 락께서 불멸의 축복을 회수해 갈지도 모른다고 생각해서다.

생각에 잠긴 알렉스의 귓가로 카스트로의 음성이 들려왔다.

"그런데 위원장과 갔던 일은 어떻게 됐나?"

"그저 그랬네. 이 주변에 있는 도시들은 모두 파괴되어 있더군. 그나마 여기가 가장 상태가 좋았네. 협회의 지부를 이곳에 세우겠다던 처음 생각이 옳았던 거지."

"하하, 포커를 칠 때도 처음 받아본 패가 가장 좋을 때가 있지. 여기가 그랬던 모양이로군."

"그래서 정식으로 이곳에 한국 지회(支會)를 세우기로 했다네."

"서울이 아닌 게 유감이군. 회장님의 생각을 알 수가 없어."

"오가는 길에 만난 한국인들의 이야기를 들으니 서울에 재건정부라는 게 세워졌다는군. 그렇다면 여기가 더 나은지도 몰라. 인간이 조직화되면 우리를 귀찮게 할 테니까."

"듣고 보니 그렇군."

두 사람은 잠시 말을 멈추었다.

한참 만에 카스트로가 중얼거렸다.

"자네는 불멸의 생활이 무료하다고 생각해 본 적 없나?"

"헛! 자네는 불멸자가 된 지 이제 일 년이 조금 넘은 것으로 아는데, 벌써 지겨워졌나?"

"전에 교회에 다니던 친구에게 이런 말을 한 적이 있지. 내가 좋아하는 여자와 술과 클럽이 천국에 없다면, 천국은 나에게 지옥이나 마찬가지라고."

"알 만하네."

알렉스가 이해한다는 듯 고개를 끄덕였다.

"내 인생은 젓같이 됐네. 벗은 여자를 봐도 발기가 되지 않아. 알아? 진짜 병신 같은 놈이 된 거야. 술을 마셔도 무슨 맛인지 알 수가 없어. 맛이 느껴지게 하려면 피를 섞어야 해. 피에 술을 탄 맛을 아나? 퍽(Fuck)! 진짜 젓 같아! 순수한 술을 느낄 수 있는 미각이 나에겐 없어. 클럽? 그런 게 세상에 남아 있을 리도 없지만, 있다 해도 무슨 소용이지? 나는 여자와 즐길 수도 없고, 술맛을 느끼지도 못해. 지금의 나에게 클럽은 지옥이나 마찬가지야. 나는 교황보다 더 금욕적으로 살고 있어. 존나 미친 거지."

"너무 자학하지 말게. 내 인생도 자네 못지않게 찌질하니까. 지금의 나를 자랑스럽게 생각할 사람은 돌아가신 우리 어머니밖에 없어."

"제길! 댈러스 교회 납골당에 계신 우리 어머니가 지금의 나를 봤어야 하는데."

*　　　*　　　*

사십 대 남자가 어린 여자아이의 손을 잡고 반파된 건물들 사이를 걷고 있었다.

남자는 나쁜 짓을 하는 사람처럼 주위를 힐끗거리면서도, 여자아이의 곁에서 떨어지지 않았다.

"더 가야 해요?"

인형처럼 예쁘게 생긴 여자아이가 남자를 올려다보았다.

남자가 고개를 저었다.

"아니야, 이제 다 왔어. 조금 만 더 가면 돼."

남자의 말에 여자아이가 방긋 웃으며 말했다.

"우리 아빠도 그런 소리 했는데……. 그 뒤로도 한참 갔었어요. 눈이 많아서 힘들었어요."

"그래? 못된 아빠구나. 나는 그런 거짓말 못 해. 진짜 다 왔어."

건물로 들어간 남자가 구불구불한 복도를 지나 굳게 잠긴 문 앞에 섰다.

"여기가 거기예요?"

"그래, 이 안에 과자와 통조림이 많이 있어."

"정말요?"

"그럼, 모두 이 아저씨가 직접 모은 거야. 다른 사람은 몰라."

"어디서 난 거예요? 우리 아빠도 그런 거 진짜 많은데."

"정말?"

남자가 놀란 얼굴로 여자아이를 바라보았다.

여자애가 반반해 보여서 데리고 왔는데, 아빠에게 식료품이 많다는 이야기를 들으니 갑자기 생각이 바뀐다. 일회용으로 쓰고 버리기에는 재료가 아깝다.

"아빠가 능력이 많으신 분인가 보구나?"

"네, 유명했어요."

문을 따고 안으로 들어가던 남자가 고개를 갸웃거렸다.

여자애가 과거형으로 말하고 있다?

여자애가 안으로 들어오자 남자는 황급히 문을 닫고 잠그기까지 했다.

"지금은 뭐 하시는데?"

여자애가 거실의 중앙에 놓인 붉은색 소파에 걸터앉았다.

"죽었어요."

"아, 그럼, 엄마는?"

부모 중 하나만 살아 있어도 아직 식료품이 있을 가능성이 높다. 그러나 계속된 여자애의 대답은 일말의 가능성마저 날려 버렸다.

"아빠보다 먼저 죽었죠."

"아, 안됐구나. 두 분 다 돌아가신 거니?"

남자는 옷을 하나씩 벗었다. 부모가 없다니 본래의 계획대로 밀고 나갈 생각이다.

"네, 그런데 과자와 통조림은 어디 있어요?"

여자아이가 순진한 얼굴로 물었다.

남자가 바지를 벗으며 건성으로 답했다.

"거기 어디 있을 거야."

이미 집안까지 끌고 왔으니 더 이상 눈치 보고 신경 쓰지 않아도 된다. 이제는 가지고 놀다가 죽여도 누구 하나 뭐라고 할 사람이 없다.

여자아이가 자리에서 일어나 거실을 돌아다녔다.

나쁜 짓을 저질렀어요.

여자애의 소리에 남자가 "뭐라고?" 하고 물었다.
그러나 여자애는 대답 대신 집안을 기웃거리며 노래를 불렀다.

나쁜 짓을 저질렀어요.
그렇게 놀란 눈으로 날 보지 마요.
여기서 다 털어놓을까요.
어젯밤 그대 전화 왜 안 받았게요.

바지에 이어 팬티까지 다 벗은 남자가 피식 웃었다.
전기가 공급되던 시절에 듣던 브라운아이드걸스의 노래다.
남자가 한 소절을 따라 불렀다.

사실 부족해 이걸로오온~

인형처럼 예쁜 아이가 다시 소파로 돌아갔다.
아이는 하체를 드러낸 남자와 눈이 마주쳤음에도 놀란다거나 소리를 지르지 않았다.
'경험이 많은 아이로군.'
조금 실망스럽지만 그래도 남자는 만족스럽다는 듯 웃었다.
여자애는 난잡한 과거가 있어도 덮어주고 싶을 만큼 예뻤다.

남자가 느긋하게 여자애를 향해 걸어갔다.

성기가 시계추처럼 다리 사이에서 덜렁거렸다.

왠지 웃음이 나왔다.

상체는 곰처럼 두툼한 털옷으로 가렸는데 하체는 맨살이다.

실실 웃으며 여자애에게 다가가던 남자가 갑자기 인상을 찡그렸다.

여자애는 소파에 앉아 발목을 까닥거리며 노래를 부르고 있다.

남자는 자신의 기분이 왜 나빠졌는지 알 수 있었다.

저 인형 같은 여자애는 자신이 발가벗고 있다는 걸 전혀 신경쓰지 않는다.

'이 더러운 기분은 뭐지?'

저 예쁜 얼굴에서 눈물이 뚝뚝 떨어지는 걸 보고 싶다.

여자애가 울면서 애원하는 모습이 보고 싶다.

무서워서 떠는 모습을 보고 싶다.

'썅년!'

남자의 걸음이 빨라졌다.

마침내 남자는 아이 앞에 섰다.

노래를 멈춘 아이가 고개를 살그머니 들어 올렸다.

고양이처럼 아이의 붉은 혀가 입술을 핥고 있다.

씩씩거리던 남자가 번쩍 손을 치켜들었다.

남자의 손이 바람을 가르며 아이의 얼굴로 떨어져 내렸다.
휘익.
손바닥이 허공을 갈랐다.
남자는 제 힘을 못 이겨 한 바퀴 빙그르르 돌았다.
“이 씨발 년이?”
재빨리 몸을 세운 남자가 소파로 시선을 돌렸다.
…….
아무도 없다.
방금 전까지 편한 모습으로 앉아 있던 여자애다.
그런데 눈 한 번 깜짝일 순간에 사라졌다?
남자는 거의 반사적으로 현관을 향해 고개를 돌렸다.
‘휴우!’
현관은 여전히 굳게 잠겨 있었다.
그렇다면 근처 어딘가에 숨은 게다.
남자는 숨소리도 죽이고 은밀하게 주변을 조사했다.
그러나 여전히 보이지 않았다.
‘씨벌, 어디에 숨었지?’
고개를 갸웃거리던 남자는 오싹한 느낌에 머리를 위로 젖혔다.
“헉!”
놀랍게도 여자애는 천정에 박쥐처럼 붙어 있었다.

순간 남자와 여자애의 눈이 마주쳤다.

여자애가 씨익 하고 웃자 입이 길게 찢어졌다.

순간 남자는 석상처럼 굳었다.

마치 온몸이 돌덩이로 변한 것처럼 남자는 눈도 깜빡이지 못했다.

여자애가 남자의 어깨에 눈송이처럼 가볍게 내려앉았다.

그리고 노래를 부르며 남자의 털옷을 벗겨 나갔다.

나쁜 짓을 저질렀어요.

그렇게 놀란 눈으로 날 보지 마요.

겨우 입이 풀린 남자가 애원했다.

"제, 제발, 용서해 줘."

여자애의 손이 더 빨라졌다.

채 1분이 못 되어 남자는 완전한 알몸이 되었다.

"잘못했어. 제발, 그만……."

"옷을 벗는 게 무서워요?"

"아, 아니, 제발…… 제발……."

옷이 다 벗겨졌다.

남자는 왠지 불안했다. 이대로 끝날 것 같지 않다는 느낌에 심장이 펄떡거렸다.

아이의 손이 쇄골 위에 올려졌다.

얼음장처럼 차가웠다.

살가죽을 더듬던 아이의 손이 쇄골 위를 가볍게 스치고 지나갔다.

분명 차가운 손인데 화끈거리는 느낌이 뒤를 이었다.

몸이 굳은 남자는 눈알을 돌려 아래를 내려다보았다.

무엇인가 벗겨지고 있다?

"아아악! 살려줘! 제발! 으악!"

아이의 희고 가느다란 손끝에 갈색의 가죽이 덜렁거리며 매달려 있었다.

그것은 의심할 것도 없는 자신의 피부였다.

이 기괴한 여자아이가 자신의 살가죽을 벗겨 내고 있는 것이다!

남자는 미칠 것 같은 공포로 비명을 내질렀다.

그러고 보니 타다가 만 시체가 종종 발견된다는 소리를 들은 기억이 난다. 그 시체들의 특징은 모두 피부의 일부가 벗겨져 있었다던가?

"끄아악!"

공포에 사로잡힌 남자는 미친 듯 소리를 내질렀다.

그러나 어떻게 된 게 소리가 모기가 날아다니는 것처럼 앵앵거리는 수준이다.

5분 만에 남자의 상체가 모두 벗겨졌다.

아이는 바나나 껍질을 까듯 상체의 거죽을 벗겨 낸 것이다.

두려움과 고통에 넋이 나간 남자는 울부짖을 힘도 없어 보였다.

여자아이가 그런 남자를 올려다보며 말했다.

“앉아요.”

석상처럼 꼿꼿이 서 있던 남자가 천천히 주저앉았다.

“…….”

남자는 넋이 나간 얼굴로 여자애를 바라보았다.

황당하게도 생각과 몸이 따로 놀고 있다. 끔찍한 고통 속에서도 몸은 마치 말 잘 듣는 강아지처럼 여자애의 말에 따라 움직이고 있었다.

여자애가 남자의 목덜미를 가볍게 물었다.

남자가 환희에 찬 얼굴로 부르르 떨었다.

꼴깍. 꼴깍.

여자애는 한참 동안 남자의 피를 마심으로 허기와 갈증을 달랬다.

“일어서요.”

남자가 기쁜 얼굴로 복종했다.

이젠 생각과 몸이 일치하고 있지만, 남자는 더 이상 그런 것에는 관심도 없었다.

나쁜 짓을 저질렀어요.

그렇게 놀란 눈으로 날 보지 마요.

여자애가 다시 노래를 불렀다.

남자가 열락(悅樂)에 들뜬 얼굴로 눈을 감았다.

그리고 신과 교감이라도 하듯 희열에 빠진 얼굴로 양손을 부드럽게 들어 올렸다.

노래가 다 끝났을 때, 남자의 피부는 하체까지 다 벗겨진 상태였다.

여자애는 그런 남자에게서 떠나 소파에 몸을 실었다.

거실 바닥은 남자의 몸에서 흘러내린 피로 흥건했다.

피바다 속에서 여자애가 훌쩍거렸다.

"엄마……, 엄마……."

*　　　*　　　*

가장 먼저 눈을 뜬 사람은 안상혁이다.

야전 생활을 오래 한 덕분에 생존 본능이 제법 단련된 모양이다.

"끄으으으……."

기괴한 소리에 안상혁이 느릿하게 고개를 돌렸다.

다음 순간 안상혁의 눈이 찢어질 듯 부릅떠졌다.

냉막한 인상의 사십 대 남자가 한 남자의 목을 단검으로 베어내고 있었다.

남자는 잠속에서도 고통을 느끼는지 신음을 흘리며 죽어갔다.

그는 리어카를 끌던 남자 중 하나였다.

인간 백정은 자른 남자의 머리를 한쪽으로 아무렇지도 않게 내던졌다.

털썩.

날아가는 머리를 따라 시선을 돌리던 안상혁의 입에서 저도 모르게 비명이 터져 나왔다.

"으아악! 안 돼!"

그곳에는 이미 한 무더기의 머리가 모여 있었다.

안상혁은 차마 그 얼굴들을 확인할 용기가 나지 않았다.

"그만해! 이 미친놈아! 안 된다고! 제발!"

또 다른 사람의 머리카락을 움켜잡고 잠시 숨을 고르던 남자가 고개를 돌렸다.

"이제 깼나?"

잔뜩 쉰 남자의 음성이 묵직하게 울렸다.

"멈추라고 이 개새끼야!"

"아니, 여기서 명령하는 사람은 나야."

남자, 박심연이 보란 듯 웃으며 노인의 목에 칼을 박아 넣었다.

끄르륵.

노인의 입술에서 피거품이 흘러넘쳤다.

몇 번이나 쉬라고 해도 "아직 힘을 쓸 수 있다"며 리어카를 밀던 노인이다.

그 노인이 눈도 뜨지 못한 채 죽어 가고 있다.

안상혁은 눈을 뜨자마자 보여지는 현실이 믿어지지 않았다.

'꿈인가?'

꿈이라면 지독한 악몽이다.

박심연이 쉬지 않고 손을 놀렸다.

노인의 머리가 분리되자, 박심연은 다시 한쪽으로 던졌다.

"털썩" 하고 둔중한 소리가 났다.

그 소리에 안상혁은 현실로 돌아올 수 있었다.

"너, 이 새끼, 원하는 게 뭐냐! 말해! 이 개새끼야!"

그제야 박심연의 얼굴에 승리의 미소가 떠올랐다.

"이제 상황 파악이 되나보군? 제법이야."

"원하는 거나 말해! 이 미친 새끼야!"

안상혁이 몸을 뒤틀었다.

나일론 줄에 꽁꽁 묶여 움직일 때마다 아팠지만 그냥 있을 수가 없다.

박심연이 음울한 음성으로 물었다.

"쌀 어딨어?"

안상혁이 잡아먹을 듯한 눈으로 남자를 노려보았다.

"개새끼야! 겨우 그거 때문에 사람들을 죽였냐!"

"겨우 그거?"

박심연의 얼굴에 조소가 떠올랐다.

"이거 뭐야? 제법 프로인 줄 알았더니 완전히 철부지! 어린 애새끼 같은 소리 하고 있네? 그래, 겨우 그거 어디다가 숨겼냐? 말해, 안 해? 그럼 더 죽여주지."

갑자기 박심연이 돌아서서 잠들어 있는 사람들에게 걸어갔다.

그리고 손에 잡히는 대로 아무나 잡았다.

박심연이 새로운 제물을 선택하자, 남자 둘이 다가와 제물의 좌우 어깨를 붙잡았다. 목을 자를 때 흔들리지 않게 고정시켜준 것이다.

안상혁의 눈이 찢어질 듯 부릅떠졌다.

헉! 최명석?

미친놈의 손아귀에 잡혀 있는 남자는, 최명석이었다. 잠에 취한 최명석은, 곧 닥쳐올 자신의 운명도 모른 채, 눈을 꼭 감고 아이처럼 편안한 얼굴이다.

"그만! 그만! 줄 테니까! 그만해!"

그제야 박심연이 피식 웃으며 최명석에게서 떨어졌다.

약속이나 한 듯 남자들이 최명석의 어깨를 놓았다.

최명석의 몸이 스르륵 넘어갔다.

안상혁은 저도 모르게 안도의 한숨을 내쉬었다.

긴박했던 순간을 넘기자 다소 멍하던 머리가 빠르게 돌아가기 시작했다.

남자들은 모두 과학실에 있었다.

여자들은 어디로 옮겼는지 보이지 않았다.

'아마 시청이겠지…….'

잠깐이지만 마음이 놓였다. 이 미친놈들도 최소한 여자들은 죽일 마음이 없는 것 같았다. 여사제로 써먹으려는 것이리라.

'죽는 건 남자들뿐인가? 유진 형은 어떻게 됐을까?'

저도 모르게 한쪽에 모여 있는 머리통으로 눈이 갔다.

'아아! 다행이다!'

표정 없이 눈을 감고 있는 머리들 속에 강유진은 보이지 않았다.

강유진은 남자들 틈 속에 잠들어 있을까?

어떻게 깨우지?

부지런히 머리를 굴리고 있는 안상혁에게 박심연이 다가갔다.

"어딨나?"

"……."

안상혁이 즉시 대답하지 않자, 박심연이 소리를 지르며 발로 걷어찼다.

"어딨냐고!"

퍽.

그 충격에 안상혁은 현실로 돌아왔다.

"뭐라고 했나?"

"쌀을 어디에 숨겼냐고 물었다."

"저기."

안상혁이 턱짓으로 한쪽을 가리켰다.

'과학 재료실' 이라는 글자가 문짝에 선명하게 남아 있다.

그 앞까지 뚜벅뚜벅 다가간 박심연이 문을 열었다.

"헛!"

박심연의 입에서 헛바람 소리가 흘러나왔다.

미장이라도 한 듯 깨끗한 흙벽이 막아섰다.

"이런 제길!"

지진으로 땅이 솟아오른 것일까?

그렇지 않아도 지진이니 화산 폭발이니 하는 소문으로 싱숭생숭하던 판에 이런 광경이라니!

머리가 띵하고 울릴 정도다.

"정말 이 안에 있는 게 확실한가?"

사내의 물음에 안상혁이 담담한 어조로 되물었다.

"우릴 지켜봤으니 알 거 아냐? 리어카를 빼돌렸다는 말이 들리던가?"

"그래? 믿어주지. 하지만 이 속에 쌀이 없으면…… 너는 특별히 산 채로 사지를 썰어주겠다."

"쌀이 있다면?"

"당연히 고통 없이 보내주는 거지."

곧이어 박심연이 부하들을 손짓해서 불렀다.

"힘쓸 것 같은 놈들 깨워서 땅을 파게 해."

"예!"

박심연의 부하들이 젊은 사람을 골라 깨우기 시작했다.

그중 하나가 강유진의 어깨를 잡아 흔들었다.

멀리서 강유진의 얼굴을 확인한 안상혁의 눈에서 한순간 빛이 번득였다.

강유진이 살아 있으니 최악의 상황은 면한 셈이다.

'모두 내 탓이다!'

조심한다고 했지만 방심했다.

그 바람에 남자들 대여섯 명이 살해당하고 여자들은 잡혀갔다.

자책과 부끄러움에 얼굴이 달아올랐다.

몇 번이나 한숨을 푹푹 내쉬던 안상혁이 사내에게 물었다.

"이봐! 학교 급수 탱크에 수면제를 넣은 건가?"

흙벽을 바라보던 박심연이 힐끗 고개를 돌렸다.

"알아서 뭐하게?"

"다음에는 더 조심하려고."

박심연이 피식 웃었다.

"다음은 없다."

"그건 네 얘기고."

순간 박심연의 얼굴이 흉하게 일그러졌다.

"내가 제일 싫어하는 놈이 누군지 모르지? 너처럼 주둥이만 살아 있는 놈이다."

말과 함께 박심연이 안상혁에게 걸어갔다.

"죽는 게 소원이라면 들어주지. 리어카가 어디 있는지 가르쳐 줄 다른 놈도 많이 남았으니까."

박심연이 허리춤에 차고 있던 단검을 뽑아 들었다.

그러나 안상혁은 눈빛 하나 변하지 않았다.

"그것참 다행이군. 나도 네놈이 마음에 들지 않았는데."

박심연이 안상혁의 머리카락을 움켜잡았다. 그리고 그의 귓가에 속삭였다.

"후회는 빨라도 늦어. 아파도 나를 위해 견뎌 봐라."

"병신, 너는 견딜 틈도 없을 거다."

"……."

기가 막힌 박심연은 잠시 숨까지 멈췄다.

날 선 칼날이 자기 어깨 위에 얹혀 있는데 너무 태연하다.

그 속사정이 궁금해진 박심연은 결국 묻지 않을 수 없었다.

"이 새끼 봐라. 미친 거냐? 믿는 구석이 있는 거냐?"

"보면 모르겠나? 믿는 구석이 있는 거지."

"뭘 믿는지 몰라도, 그게 너를 구할 시간은 없을 거다."

말과 함께 박심연이 안상혁의 머리털을 움켜잡았다.

그리고 막 그의 목으로 단검을 찔러 넣으려고 할 때다.

퍽. 퍽. 퍽. 퍽. 퍽…….

수박이 터지는 소리가 뒤쪽에서 들려왔다.

너무도 단조롭고 규칙적이어서, 지금이 전쟁 전이었다면 뒤에서 수박 깨트리기 시합을 하고 있는 것으로 착각할 정도다.

하지만 핵전쟁의 여파로 겨울 세상이 되어 버린 지금 수박은 금보다 귀하다. 같은 무게의 금으로도 사지 못할 게 수박이다.

박심연은 저도 모르게 뒤쪽으로 고개를 돌렸다.

지금쯤 잠든 남자들을 깨워 흙벽을 파고 있어야 할 부하들이 보이지 않았다.

과학실 중앙에 서 있는 남자는 처음 보는 얼굴이었다.

박심연이 안상혁의 뒤로 슬쩍 이동했다.

그렇게 안상혁을 방패처럼 앞에 세우고 차분히 과학실을 살폈다.

그제야 부하들이 보였다.

모두가 —파리채에 맞아 짓뭉개진 파리 같았다— 사방 벽에 발라져 있었다.

상태를 보니 비명을 지를 틈도 없었던 것 같다.

"너 뭐야?"

박심연의 물음에 강유진이 메마른 음성으로 답했다.

"그냥 죽어라."

강유진의 말이 끝나기가 무섭게 박심연은 뒤로 날아갔다.

퍽—

벽과 천정의 모서리에 박힌 박심연은 그의 부하들과 같은 표정이었다.

강유진이 안상혁에게 물었다.

"어떻게 된 거냐?"

"놈들이 학교의 식수 탱크에 수면제를 풀었던 것 같습니다. 남자들은 모두 이곳에 있고…… 여자들은 다른 곳에 있는 것 같습니다."

강유진이 바닥에 있는 머리통을 내려다보았다.

거의 대부분 노인들이다.

안상혁이 머리를 확인한 후 말했다.

"운이 좋았습니다. 쌀의 행방을 물으려고 상대적으로 젊은 층은 살려 놓았던 것 같습니다. 놈들이 형님을 깨운 것도 흙 파내는 일을 시키기 위해서였습니다."

강유진이 알아들었다는 듯 고개를 끄덕였다.

이 시대에 노인에게는 아무런 권한이 없다. 저들은 노인들이 쌀에 대해서 모를 거라고 생각했을 것이다. 사실 그렇기는 하다. 식료품을 관리하는 사람은 안상혁과 최명석이었으니 말이다.

강유진이 안상혁의 결박을 풀며 중얼거렸다.

"여자들을 구하러 가야지."

"죄송합니다. 형님. 제가 부주의한 탓에……."

안상혁은 차마 강유진의 얼굴을 바라보지 못했다.

"네가 아니라, 우리가 부주의했다. 가자."

"예……."

안상혁은 황급히 강유진의 뒤를 따랐다.

제7화

괴물들의 세상

과학실을 나선 강유진은 시청이 있는 방향으로 달려갔다.

안상혁은 이를 악물고 강유진의 뒤를 따랐다.

그러나 강유진의 뒷모습은 눈 몇 번 깜빡일 동안 안상혁의 시야에서 사라졌다.

말 그대로 바람처럼 달려가 버린 것이다.

안상혁은 차마 함께 가자고 부르지 못했다.

잡혀간 여자들을 생각하면 강유진이 1분이라도 먼저 가는 게 낫다.

안상혁은 금방 쓰러져 죽을 듯 헐떡이면서도 쉬지 않고 달렸다.

그리고 처음으로 기도했다.

제발 아무런 일도 없기를.

하연이와 임지연 박사가 무사하기를.

더불어 김미연에게도 아무 일이 없기를.

'부처님, 하느님, 이름 모를 신님, 누구라도, 도와주십쇼!'

'유진 형이 인간에 대해 절망하지 않도록 도와주십쇼!'

'몸에도 목숨에도 아무 일 없게 도와주십쇼!'

얼마나 달렸을까?

멀리 시청 건물이 모습을 드러냈다.

잠시 멈춰 선 안상혁은 허리를 꺾으며 미친 듯이 숨을 몰아쉬었다.

다시 허리를 세운 안상혁의 눈에 시청 앞의 건물이 폭삭 무너져 내리는 게 보였다.

압축기로 찍어 누르는 듯 오그라드는 모습을 보니, 지진으로 인한 게 아니라 강유진의 분노다.

안상혁은 다시 미친놈처럼 달렸다.

시청 부근에서 발작적으로 총소리가 들려왔다.

타타탕. 탕. 탕—

갑자기 하연이의 말이 떠올랐다.

"그 언니는 이제 겨우 열여섯이래요. 그런데 시청에 잡혀가

서 위안부 생활을 한대요."

정소이는 어린 하연이에게 여사제의 개념을 설명하기 곤란해서 위안부라고 표현한 것이리라.

쓰레기들인 줄로만 알았는데 잔혹하기까지 하다.

잘린 채 나뒹굴던 노인들의 머리통이 생생하게 떠올랐다.

죽어 마땅한 놈들.

자칭 성도라던 이 도시는 이제 멸망의 다른 이름이다.

콰르르르—

또다시 건물 몇 개가 찌부러졌다.

마치 우유 팩을 발로 밟은 것처럼 건물은 짓뭉개졌다.

안상혁은 달리면서 소리쳤다.

"다 죽어 버려라! 추악한 것들아! 너희는 새로운 시대에 어울리지 않는다! 다 사라져라! 다시는 인간의 역사에 나타나지 마라!"

그러나 새로운 시대에는 악이 없을까?

어쩌면 새 시대에 걸맞은 또 다른 악이 등장하리라.

마치 자신처럼 말이다.

"씨발! 뭐냐고!"

안상혁의 눈시울이 붉게 달아올랐다.

자신의 손에 목숨을 잃은 사람도 부지기수다.

아까 그 미친놈은 쌀 때문에 그랬지만, 자신은 고상한 척 위선을 떨며 죽였다.

오래전에 누군가 말했다. “지구의 입장에서 보면 인간이야말로 악성 바이러스다”라고.

“헉, 헉…….”

가쁘게 숨을 몰아쉬던 안상혁은 머리를 세차게 흔들었다.

지나치게 흥분하면 총에 맞아 죽기 십상이다.

“침착하자. 침착하자.”

자신은 강유진과 다른 보통 사람이다. 정신을 차리지 않으면 5분도 못 가 사망하고 말 것이다.

스스로에게 세뇌하듯 말하고 중얼거린 뒤 주변을 보니 어느새 시청 앞이다.

중무장한 이십여 구의 시체가 보였다.

그들의 몸에서 흘러나온 피가 시청 앞 광장을 붉게 물들이고 있었다.

의심의 여지 없이 여기는 전장(戰場)이다.

대책 없이 뛰어가다가는 죽을 수도 있다.

“우선 무장(武裝)부터…….”

안상혁은 광장에 널린 목이 부러진 시체의 손에서 권총을 뽑았다.

그리고 익숙한 동작으로 탄약의 상태를 확인한 뒤, 시청 건물 안으로 뛰어들었다.

어디선가 경비대원 하나가 뛰어 나왔다.

안상혁은 상대의 무장 여부에 관계없이 방아쇠를 당겼다.

이 잔혹하고 음란한 광신자들에게 뒤통수는 한 번 맞은 것으로 족하다고 생각했다.

탕. 탕.

그것을 시작으로 안상혁과 한얼교 경비대원과의 교전(交戰)이 시작됐다.

*　　　*　　　*

강유진은 시장실의 앞에 서서 잠시 호흡을 가다듬었다. 힘이 들어서가 아니다. 이 문 너머에서 어떤 광경을 보더라도 놀라지 않기 위해서다.

덜커덩.

제대로 관리하지 않은 문이 소리를 내며 열렸다.

안으로 들어간 강유진의 앞을 세 명의 남자가 막아섰다.

남자들의 손에는 권총이 들려 있었다.

"……."

강유진은 시장실 내부를 둘러보았다.

여자들이 시장실에 있다는 말을 듣고 왔는데, 여자는 아무도 보이지 않았다.

막아선 남자 중 하나가 고압적인 음성으로 말했다.

"멈춰! 당신 누구야!"

아직 아래층에서 일어난 소동에 대해 보고를 받지 못했는지 그는 강유진의 신분부터 확인하려고 했다.

강유진이 남자에게 물었다.

"삼정중학교에서 데리고 온 여자들은 어디에 있나?"

"여자? 그걸 알아서 뭐하게? 그보다 당신 누구야? 여기가 어딘 줄 알아? 당신 어디 소속이야? 지도 선도사가 누구야?"

강유진의 시선이 남자들 뒤쪽의 마호가니 책상으로 향했다. 검은색 회전의자에 삼십 대 남자가 등을 기대고 앉아 있었다.

만약 저 책상이 시장의 것이라면, 그는 한얼 교주이리라.

강유진이 그를 향해 말했다.

"거기 의자에 앉아 있는 인간, 네가 한얼이라는 교주냐?"

순간 막아섰던 남자들의 입에서 욕설이 터져 나왔다.

"미친놈!"

"감히 교주님에게 무슨 소리를!"

"이게 죽으려고!"

그중 하나가 금방이라도 후려칠 듯이 손을 번쩍 들어 올렸다.

"잠깐!"

한얼 교주가 자리에서 일어섰다.

남자들이 황송하다는 듯 한 걸음씩 뒤로 물러났다.

성도에서 한얼 교주의 위치는 절대적이다. 남자들은 교주의 신력(神力)을 신봉하고 있는 터라 추호의 망설임도 없었다.

"그래, 내가 한얼이다. 그런데 학교에 있던 여자들을 찾는 이유가 뭔가?"

"일행이니까."

한얼 교주가 신기하다는 듯 강유진을 바라보았다.

그때 문이 열리며 일단의 무장한 남자들이 쏟아져 들어왔다. 교주의 경호 부대였다.

경호대장 박승호가 내부를 확인한 뒤 교주에게 말했다.

"교주님! 불순분자들이 난입했습니다. 잠시 다른 곳으로 피하시는 것이……."

"저런 불순분자?"

교주가 강유진을 턱으로 가리켜 보였다.

뒤늦게 경호대장 박승호가 강유진의 곁으로 다가갔다.

"누구냐?"

강유진이 낮은 소리로 말했다.

“한얼, 여자들 어디에 있냐고 물었다.”

“이 새끼가 뒈지려고…….”

경호대장 박승호가 권총을 뽑아 들었다.

그 순간 한얼 교주가 손을 들어 그를 제지했다.

“잠깐, 무지해서 그러는 것이니 기회를 줘 봐야지. 아직 내가 누군지 몰라서 그러는 것일 테니까.”

어이가 없다는 듯 강유진이 피식 웃었다.

“네가 누군지 왜 몰라? 초인적인 능력으로 유럽에서 십이만 명의 아시아인을 구출해 줬다면서?”

“이제 보니 내가 누군지 알고 있는 모양이군? 알면서도 그렇게 무례하게 굴었다는 건가? 찢어 죽여도 시원치 않을 죄인이었군.”

“여자들이 어디 있는지나 말하라니까 말귀를 못 알아 처먹는구나?”

분노한 한얼 교주가 경호 부대에게 소리쳤다.

“저놈을 살려서 끌고 오시오!”

경호 부대가 막 움직이려는 순간이다.

“벤투스! 정리 좀 하자.”

강유진의 말과 함께 방안에 광풍이 몰아쳤다.

콰콰콰광. 퍼엉.

사무실 유리창에 그나마 조금 남아 있던 유리가 모두 터져 나갔다.

곧이어 경호 부대를 비롯한 남자들의 몸이 사방 벽으로 날아갔다.

퍼퍼퍽. 쿠웅.

남자들의 사지가 뒤틀린 것을 보면 뼈가 죄다 부러진 모양이다.

…….

벽에 처박힌 남자들은 신음 소리도 흘리지 못했다.

한얼 교주가 넋이 나간 얼굴로 강유진을 바라보았다.

머릿속으로는 아무런 생각도 들지 않았다.

강유진이 그런 한얼을 묵묵히 응시했다.

"내 일행, 여자들을, 어디로 보냈는지 물었다."

"사, 살려 주십쇼."

"여자들은 어딨나?"

꽈당.

문짝이 떨어져 나갈 듯 열렸다.

그리고 온몸에 피 칠갑을 한 안상혁이 안으로 뛰어들어 왔다.

안상혁은 강유진을 지나쳐 한얼의 뒤에 털썩 주저앉았다.

"하아! 하아! 형님, 잔챙이들 좀 부탁합니다."

안상혁의 말이 끝나기도 전에 십여 명의 남자들이 쏟아져 들어

왔다.

탕. 타탕. 탕. 탕.

총소리에 본능적으로 머리를 웅크렸던 한얼은 슬그머니 고개를 들었다. 다음 순간 그의 눈이 찢어질 듯 부릅떠졌다.

총알이 강유진의 앞에 멈춰 선 것을 뒤늦게 발견한 것이다.

그런 한얼의 귓가에 안상혁이 속삭였다.

"유럽에서 뭐가 어쩌고 어째? 너 이 새끼, 페로제도에 가본 적은 있냐?"

페로제도라는 말에 한얼이 덜덜 떨며 고개를 끄덕였다.

"응? 그래? 이 자식, 유럽 얘기를 주워들은 건 아닌가 보네. 그럼 우리 형님에게 감사하는 마음으로 열심히 살아야지. 여기서 무슨 개수작이야?"

안상혁의 말을 이해하지 못한 한얼이 떨리는 음성으로 물었다.

"두, 두 분도, 거기에 계셨습니까?"

"뭐? 거기에 계셨냐고? 푸하하핫!"

안상혁이 한얼의 뒷덜미를 잡고 앞으로 나갔다.

그 짧은 시간 동안 뒤따라 들어왔던 남자들은 사지가 부러진 모습으로 이리저리 나뒹굴고 있다. 그들 중 절반은 목이 부러져 소생 가능성이 없어 보였다.

안상혁은 꾸물거리는 남자들 틈 속에 한얼을 패대기쳤다.

이미 시장실까지 오는 동안 여자들을 발견하지 못한 안상혁은 자신이 해야 할 일을 알고 있었다.

"우리 일행들은 어디에 있냐?"

"그……."

한얼이 머뭇거렸다.

순간 안상혁이 한얼의 허벅지를 향해 방아쇠를 당겼다.

탕.

"악!"

안상혁이 차갑게 다시 물었다.

"우리 일행들 어디?"

"제발, 살려 주십쇼!"

탕.

한얼의 멀쩡하던 허벅지에 다시 구멍이 났다.

"아악! 말, 말씀드리겠습니다! 제발! 살려 주십쇼!"

"어디야? 이번에는 양팔이다. 곪어 죽고 싶지 않으면 빨리 말해라."

"으으……. 시청 뒤의 한얼교 회관에 있습니다."

"문화 회관을 말하는 거냐?"

"예, 예……."

"뭐 하는 곳이냐?"

"여, 여사제들이 사용하는 곳입니다."

"그들에게 무슨 일이 생겼으면…… 너는 곱게 못 죽어."

"제, 제발……."

피를 많이 흘린 한얼은 다 죽어가는 소리로 애원했다.

그러나 애초에 한얼교의 만행에 치를 떨던 안상혁은 눈 하나 깜빡이지 않았다.

안상혁이 돌아섰다.

"형님, 한얼교 회관이라면 뒤쪽으로 2~3분 거리에 있는 건물입니다."

"이쪽이냐?"

강유진이 뒤쪽의 벽을 가리켰다.

"예."

안상혁의 대답과 동시에 벽이 터져 나갔다.

콰르르르.

뻥 뚫린 벽 밖으로 사각형의 회색 건물이 보였다. 다른 건 다 무너졌는데 용케 그것만 제 모양을 유지하고 있었다. 그래서 한얼교에서 사용하는지도 몰랐다.

"이쪽으로 와라."

강유진이 안상혁에게 손짓했다.

안상혁은 강유진의 부름에 재빨리 곁으로 달려갔다.

강유진이 안상혁의 손을 잡고 건물 밖으로 몸을 날렸다.

"으헉!"

안상혁은 저도 모르게 비명을 내질렀다.

시장실은 4층이다.

4층에서 갑자기 무너진 벽 밖으로 달려 나가니 '죽었다'는 생각밖에 들지 않았다.

심장이 멎을 정도로 놀란 안상혁이 강유진에게 매달리려는 순간이다. 돌연 발밑에서 강한 바람이 몰아쳐 왔다.

휘리리릭—

몸이 땅으로 곤두박질치지 않는다?

안상혁은 그제야 정신을 차릴 수 있었다.

마치 스펀지를 밟은 느낌이다.

바람을 밟고 나가던 강유진이 뒤쪽을 힐끔 쳐다보았다.

순간 촛불에 점화라도 한 듯, 축 늘어져 있던 한얼 교주의 손끝과 발끝에서 불길이 일어났다.

"아아악! 불! 불이야!"

한얼 교주가 마지막 힘을 다해 소리쳤다.

그러나 그를 도울 수 있는 경호원 중에 사지가 멀쩡한 사람이 없다.

결국 안상혁이 뒤를 돌아보았을 때, 한얼 교주의 몸은 기억 자로 꺾인 채 활활 타오르고 있었다.

숯덩이가 되어가는 그를 보고 있자니 마음이 답답하다.

곁에서 지켜본 강유진은 약자(弱者)에게 약하고 강자(强者)에게 강한 사람이다.

그런데 이 빌어먹을 세상은 이젠 대놓고 약육강식(弱肉强食)이다.

윤리와 도덕이 살아 있던 과거에는 주변의 눈치를 살펴가며 그 짓을 했는데, 지금은 아니다.

힘 좀 쓴다는 사람들은 대놓고 약탈하며, 주변의 모든 사람들이 그걸 당연하게 받아들인다.

안상혁은 강유진이 약탈자들을 상대하면서 점점 더 괴물이 되어 갈까 봐 걱정이었다. 지금만 해도 그렇다. 꼭 저렇게 불태워야 했을까?

'하긴 나도 남의 말 할 처지는 아니다만…….'

안상혁은 입맛이 썼다.

문득 세상이 사람을 괴물로 만들어 가고 있는지도 모른다는 생각이 든다.

한얼이라는 사람도 처음부터 저런 사이비 교주는 아니었을 것이다.

강유진과 안상혁은 바람을 딛고 서서히 지면으로 내려왔다.

땅에 두 발이 닿자 안상혁의 입에서 안도의 한숨이 흘러나왔다.

“먼저 간다.”

강유진이 바람처럼 눈앞의 회색 건물로 달려갔다.

잠시 숨을 돌린 안상혁은 권총을 꺼내 능숙한 손놀림으로 장전했다.

* * *

여자들 가운데 가장 먼저 눈을 뜬 사람은 박미나였다.

현장에서 잔뼈가 굵은 그녀는 눈을 뜨자마자 뭔가 잘못됐다는 걸 깨달았다.

일단 장소가 익숙한 과학실이 아니라 다른 방 같았다. 게다가 난방이 잘 되고 있는지 바닥은 절절 끓었다. 이런 난방 효과는 오직 강유진과 함께할 때나 가능하다.

물론 그가 아니어도 화산 온천이 생성된 성지는 난방이 가능할 것이다.

‘여기도 온천수를 이용한 난방인가?’

박미나는 재빨리 다른 여자들을 깨웠다.

여자들이 하나둘 일어나 웅성거리기 시작했다.

곧이어 문이 열리는가 싶더니 한 무리의 여자들이 들어왔다.

그녀들을 보던 정소이의 입에서 탄성이 흘러 나왔다.

"언니? 미경아!"

십여 명의 여자들 속에는 정소이와 함께 마을을 떠난 여자들도 섞여 있었다.

유미란과 여자들이 다가왔다.

유미란이 임지연에게 위로의 말과 함께 물이 가득한 머그컵을 건넸다.

"일단 물이라도 좀 마시세요."

다른 여자들도 근처에 있던 여자들의 손에 물 잔을 쥐여 주었다.

임지연이 얼떨결에 컵을 받아 마시려고 할 때다.

아까부터 여자들 속에 멍한 얼굴로 서 있던 박미경이 갑자기 소리를 질렀다.

"마시지 마세요!"

…….

방 안에 있던 사람들의 시선이 박미경에게로 향했다.

분위기가 썰렁해지자 유미란이 웃으며 호들갑을 떨었다.

"호호, 신경 쓰지 마세요. 얘가 여기 온 뒤로 스트레스를 많이 받아서 가끔 저렇게 소리를 치고 그래요. 미경이 너 왜 그래? 어디 아파서 그래? 오랜만에 만난 분들 앞에서 그러면 안 되지."

깜짝 놀란 정소이가 박미경의 곁으로 다가가 손을 잡았다.

"미경아, 괜찮아?"

박미경이 덜덜 떨며 중얼거렸다.

"언니, 마시지 마. 저기에 약 탔어……."

"……."

박미경의 말에 여자들이 들고 있던 컵을 모두 내던졌다.

뒤늦게 눈앞에 있는 여자들이 한얼교의 여사제들이라는 걸 자각한 것이다. 잡혀 온 여자들은 한얼교의 여사제들이 어떻게 생활하는지 알고 있는 터라 조금의 망설임도 없었다.

여사제 중의 우두머리인 대사제 김보경이 유미란을 쏘아보았다.

"어떻게 된 거예요?"

당황한 유미란이 박미경에게 소리쳤다.

"미경이 너 무슨 거짓말을 그렇게 해! 약을 타다니? 약이 어딨다고 그런 말을 해?"

하지만 이미 여자들은 유미란의 말을 믿지 않는 분위기다.

대사제 김보경이 냉소를 치며 말했다.

"흥! 여기는 한얼교 여사제들의 숙소예요. 물론 제사를 지내기 위한 교육도 받지요. 어차피 여러분들의 운명은 정해져 있어요.

여사제가 되는 거죠. 다른 길은 없어요. 여러분들이 누굴 믿든, 어떻게 살아왔든, 여러분의 운명은 변하지 않아요."

박미경의 손을 잡고 씩씩거리던 정소이가 유미란에게 빽 소리쳤다.

"큰언니! 어떻게 그럴 수 있어! 우리에게 어떻게 마약을 줄 수 있냐고! 우린 한 식구처럼 같이 지냈잖아! 다른 여자들이 속이려고 해도! 언니는 가르쳐 줬어야지!"

유미란이 억지로 웃으며 말했다.

"소이야, 미안하지만 대사제님의 말이 맞아. 여기까지 온 이상 어차피 모두 여사제가 될 수밖에 없어. 우리도 그렇게 해서 여사제가 됐다고. 이걸 피해갈 수 있는 사람은 없어."

"아저씨들이 가만히 있지 않을 거야!"

정소이의 외침에 한소희가 머리를 설레설레 저었다.

"네가 여기 잡혀 와 있는 걸 보면 몰라? 그 사람들도 모두 잡혔을 거야. 쉽게 가자. 반항하면 밖에 있는 남자들이 가만두지 않을 거야."

"밖에 남자들이 왜 있는데? 우리에게 약을 먹여서 무슨 짓을 하려고!"

한소희가 망설이자 대사제 김보경이 피식 웃으며 대신 답했다.

"여러분들에게 여사제 교육을 시켜 줄 사람들이 밖에 있어요.

그분들에게 교육을 받고 나면 이곳에서의 생활이 마음에 들게 될 거예요."

묵묵히 지켜보던 임지연이 조용히 물었다.

"당신, 이름이 뭐지요?"

"김보경이에요. 그리고 나는 당신이 아니라 대사제예요. 130명이나 되는 여사제들의 지도자죠. 오늘은 처음이니까 용서해 주겠지만, 다음에도 또 당신이라고 했다가는…… 남자들이 가만히 두지 않을 거예요."

"좋아요, 김보경 씨, 당신은 이곳의 생활이 마음에 드는지 모르겠지만 우리는 달라요. 마약을 먹여서 같은 여자들을 남자에게 팔아넘기다니, 부끄럽지도 않나요?"

대사제 김보경이 임지연을 잡아먹을 듯 노려보았다.

"뭘 믿고 그렇게 태연한지 모르겠지만, 오늘 이후에도 당신이 그런 자세를 유지할 수 있는지 지켜보도록 하지요. 지금 우리가 좋게 권하는 물을 마시면 고통 없이 교육을 받을 수 있어요. 물론 거부할 수도 있겠죠. 그러나 약은 거부할 수 있어도 남자는 거부하지 못할 거예요. 그러니 어차피 겪어야 할 일이라면 약의 도움을 받는 게 좋을 겁니다. 그리고 당신."

대사제 김보경이 잠시 말을 멈추고 임지연을 바라보았다.

"당신에게는 특별히 터프한 남자들에게 교육받을 수 있는 기회를 주도록 하지요. 밤새도록 말이죠."

김보경의 말이 끝날 즈음, 멀리서 총성이 들려왔다.

임지연이 웃으며 고개를 저었다.

"아무래도 그럴 일은 없을 것 같네요."

계속해서 총성이 이어지자 여자들의 얼굴에 희비가 엇갈렸다.

대사제 김보경이 혀를 차며 잡혀 온 여자들을 둘러보았다.

"쯧쯧! 꿈 깨요. 당신들을 여기에 데리고 온 사람들이 누군지 안다면, 그렇게 웃지 못할 거예요. 그들은 천군이에요. 어때요? 이제 물을 마시고 싶어졌나요? 참고로 천군이 오늘 여러분의 교육을 맡기로 했다는 것만 알아 두세요. 아직도 희망이 있다고 생각되나요?"

말을 마친 김보경이 의기양양한 얼굴로 여자들을 둘러보았다. 이천 일대에서 천군을 모르는 사람은 없다. 성도를 건설하는 데 가장 큰 공을 세운 사람들이 천군이었다. 그들은 전투 프로인데다가 잔인하기까지 했다. 아무리 날고 기는 사람들이라고 해도 일단 천군이 관여하면 쥐새끼처럼 몸을 사렸다.

그런데 신입 여사제 후보들의 표정이 이상하다. 천군이라는 말에도 별로 반응을 보이지 않았다.

그제야 김보경은 이 신입들이 이 근방의 사람들이 아닐 수도 있다는 생각을 했다.

"천군은……."

김보경이 설명을 하려고 할 때다.

쿠쿵.

지축을 울리는 소리와 함께 땅이 흔들렸다.

가까이서 난 폭발음에 여자들이 창문으로 몰려갔다.

사제관 앞쪽의 길이 연기로 자욱하다.

대사제 김보경이 검붉게 타오르는 길을 보며 말했다.

"천군은 보다시피 저런 일을 전문적으로 하는 부대예요. 여러분의 일행이 용케 여기까지 찾아왔나 본데, 불쌍하게도 모두 죽었네요."

김보경의 말에 김미연이 못 참겠다는 듯 웃음을 터뜨렸다.

"호호호! 저런 일을 전문적으로 한다고? 미치겠네. 진짜 전문가들이 저 밖에 와 있는 것 같은데. 대사제 아줌마, 같은 여자들에게 망신당하고 싶지 않으면 얼른 도망가는 게 좋아. 늦으면 달아날 기회도 없을 거야. 가려면 지금 가. 아까부터 똥 냄새가 나서 참기 힘들었거든."

듣고 있던 강하연이 임지연의 손을 톡톡 건드리며 물었다.

"근데요, 정말 괜찮아요? 우리 아빠 전문가 맞아요?"

임지연이 웃으며 고개를 끄덕였다.

"네 아빠를 어떻게 할 수 있는 건 없어. 들어 봐. 소리가 점점 가까워지고 있잖아?”

임지연의 말에 여사제들과 잡혀 온 여자들 모두가 숨을 죽였다.

쿵. 쿠웅—

과연, 임지연의 말대로 폭발음은 점점 커지고 있었다.

이제는 창문으로 파편이 날아들기까지 했다.

대사제 김보경이 얼굴을 붉히며 혼잣말처럼 중얼거렸다.

“아니, 그거 하나 빨리 처리하지 못하고 뭐 하는 거야? 몇 명이나 된다고 이렇게 오래 걸려?”

갑자기 불안해진 김보경은 슬며시 뒷걸음질 쳐 문을 열었다.

‘헉!’

신입 여사제들을 교육시키겠다며 복도에서 기다리고 있던 천군들이 하나도 보이지 않았다.

‘이 사람들까지 갔나?’

시시덕거리며 서 있던 천군까지 동원된 걸 보면 일이 심상치가 않아 보인다.

김보경은 서둘러 현관 입구로 달려갔다.

때마침 정문으로 한 남자가 들어오는 게 보인다.

눈에 힘을 주고 보니 천군의 복장이 아니다.

‘침입자인가?’

김보경이 고개를 갸웃거릴 때다.

갑자기 좌우에 있던 건물에서 섬광이 번쩍였다.

타타타탕.

퍼퍼퍽. 쩡.

요란한 총성과 함께 남자의 주변에서 돌조각 파편과 불꽃이 튀어 올랐다.

그래도 남자는 피할 생각이 없어 보였다.

그는 빠른 걸음으로 뚜벅뚜벅 마당을 가로질렀다.

콰르르르.

거짓말처럼 사제관 좌우에 서 있던 건물이 폭삭 무너졌다.

김보경은 남자가 운이 좋았다고 생각했다. 때마침 지진으로 좌우의 건물이 무너지지 않았다면, 남자는 총에 맞아 죽었을 것이다.

'응?'

그런데 이상하다. 여진이 없다. 건물이 무너질 정도의 지진이면 사제관도 흔들려야 마땅한데, 발밑은 고요하기만 했다.

남자가 마지막으로 주차된 차량 사이를 통과할 때다.

콰쾅!

남자의 좌우에 있던 차량 두 대가 굉음과 함께 폭발했다.

폭발의 힘이 얼마나 강했던지 현관 안쪽의 김보경까지 후폭풍에 휘말려 나뒹굴었을 정도다.

"아야야……."

김보경은 힘겹게 땅을 짚고 일어섰다.

삐이이—

고막이 찢어졌는지 한동안 아무런 소리도 들리지 않았다.

잠시 후, 1층 로비 어딘가에 숨어 있던 천군 십여 명이 밖으로 달려 나갔다.

'나쁜 새끼들…….'

이 정도 위력의 폭발물을 설치했다면 자신에게 피하라고 한마디 했어야 한다.

그러나 천군들은 자기들만 꼭꼭 숨어 있었다.

김보경이 "삐—" 하고 울리는 양쪽 귀를 두 손으로 막고 출구로 걸어 나갔다.

그러나 그녀는 몇 걸음 내딛지 못하고 멈춰 섰다.

돌연 "콰앙!" 소리와 함께 우르르 쏟아져 나갔던 남자들이 날아왔던 것이다.

퍼퍽. 쿵. 쿠웅.

남자들은 테니스공처럼 일직선으로 날아와 로비 이곳저곳에 내동댕이쳐졌다.

김보경이 멍한 표정으로 로비를 둘러보고 있을 때다.

한 남자가 어깨에 묻은 먼지를 "툭툭" 털어내며 현관으로 들어

섰다.

“아가씨, 혹시 다른 여자들 어딨는지 알아요?”

남자의 말에 김보경은 슬그머니 고개를 저었다.

잡혀 온 여자들과 저 남자가 만나기 전에 자신이 달아나는 게 먼저였다.

곧이어 또 한 남자가 현관 안으로 들어왔다.

그는 금방이라도 쏠 것처럼 양손에 권총을 들고 있었다.

그의 강렬한 기세 앞에서 김보경은 잠시 머뭇거렸다.

그렇게 김보경이 두 남자의 눈치를 살피고 있을 때다.

뒤쪽에서 뾰족한 음성이 들려왔다.

“아니! 뭐 하다가 이제 와요!”

김미연의 외침에 안상혁이 총을 숨기고 머리를 벅벅 긁었다.

“아빠!”

뒤늦게 강유진을 발견한 강하연이 강유진의 품속으로 달려들었다.

강유진은 딸을 안아 들고 한 바퀴 빙글 돌았다.

“어이쿠! 우리 딸, 다친 데 없어?”

“응! 그런데, 저 아줌마 아직도 여기 있네?”

강하연이 김보경을 가리켰다.

"아는 분이야?"

"……."

잠깐 생각하던 강하연이 강유진의 귓가에 속삭였다.

"자기가 대사제라고 하는데…… 우리한테 약을 먹이려고 했어. 나쁜 아줌마야!"

"뭐라고?"

강유진이 분노한 얼굴로 여자를 쏘아보았다.

그때 김미연이 김보경에게 빠른 걸음으로 다가갔다.

"내가 말했죠? 아줌마. 빨리 달아나라고."

말과 함께 김보경의 뺨을 후려쳤다.

철썩하는 소리와 함께 김보경의 머리가 홱 돌아갔다.

김미연은 이내 일행들이 있는 곳으로 걸음을 옮겼다.

그러나 대사제 김보경의 수난은 이제 시작이었다.

잡혀 있던 여자들이 지나가면서 한 차례씩 김보경의 뺨을 날렸다.

그녀들은 김보경이 임지연에게 한 말에 분노한 상태였다. 여자가 같은 여자에게 악독한 짓을 하려고 했다는 사실에 치를 떨었다.

그렇게 한차례 귀싸대기의 태풍이 지나갔다.

대사제 김보경이 멍한 얼굴로 멀어져 가는 여자들을 보고 있을 때다.

강유진이 힐끗 뒤를 돌아보았다.

"플라멘, 머리카락만."

김보경의 머리카락이 한순간 불타올랐다.

"꺄악!"

김보경의 입에서 비명이 나온 순간, 불은 모근(毛根)까지 홀랑 태우고 사라졌다.

자신의 맨머리를 쓰다듬으며 대성통곡하던 김보경은 멀어져 가는 여자들을 노려보며 이를 갈았다.

'가만두지 않을 거야! 두고 봐!'

대사제 김보경이 한얼교의 멸망을 알게 된 건 그로부터 10분쯤 뒤다.

뒤늦게 정신을 차리고 시청에 달려갔다가 사지가 부러진 경호부대를 발견한 것이다.

시장실에 쓰러져 있던 그들은 이구동성으로 "교주님이 불에 타 죽었다"고 말했다.

시장실 가운데 있는 그을린 뼛조각을 본 순간 김보경은 그것이 한얼이라는 것을 알 수 있었다. 스스로 신이라던 한얼의 최후라고 생각하니 기분이 묘했다.

한얼 교주의 마지막을 확인한 김보경은 성도를 떠났다. 130명이나 되는 여사제들에게 앙갚음을 당할까 봐 두려웠던 것이다.

제8화

눈 덮인 산하(山河)

강유진과 안상혁 그리고 구출된 여자들은 삼정중학교로 돌아갔다.

그동안 잠에서 깨어난 최명석과 남자들은 짐을 꾸리고 떠날 준비까지 하고 기다리고 있었다.

최명석은 한동안 "깨끗하게 당했다"며 면목 없어 했다. 그러나 그것도 잠깐, 이내 입이 튀어나왔다. 강유진과 안상혁이 자신을 떼어 놓고 다녔기 때문이다.

최명석이 안상혁의 옆에 털썩 주저앉았다.

"에혀! 상혁 형까지 그럴 줄 몰랐습니다."

심술이 묻어나는 그의 말에 안상혁이 고개를 갸웃거렸다.

"내가 뭘?"

"유진 형이야 마음이 급해서 혼자 뛰어 나갈 수 있다고 쳐요. 형님은 저를 깨워서 데리고 갔어야 하지 않습니까?"

"하지만 나도 급해서 그런 걸 생각할 틈이 없었다."

"그래도 저는 깨워 줬어야죠. 만약 다른 한얼교 놈들이 와서 잠든 우리의 목을 밟고 나갔으면, 우린 싹 다 죽었을 겁니다."

안상혁이 고개를 주억거렸다. 생각해 보니 일리가 있는 말이다.

"미안하다. 다음에 그런 일이 있으면 깨워 주마."

"아, 다음에는 그럴 일이 없습니다."

"그래, 그래야지……."

안상혁이 리어카 주변에 모여 있는 남자들을 둘러보았다.

그 미친놈에게 여덟 명이나 살해당했다. 리어카를 끌 사람이 부족하게 된 것보다도, 생목숨이 끊어졌다는 게 가슴 아팠다.

"제가 특수 훈련을 받은 마지막 현장요원이라는 걸 기억해 주십쇼."

"왜 네가 마지막이냐? 박미나 씨도 현장요원이었다고 들었는데?"

"박미나 씨는 한참 선배님이시고요. 제가 마지막 기수라고요."

"아하! 그런 의미였냐?"

"응? 그 웃음은 뭡니까?"

"지금까지 나는 네가 살아남은 마지막 현장요원이라는 뜻으로 하는 말인 줄 알았거든. '나는 전설이다' 라는 영화처럼 말이야."

"저 그렇게 과장이 심한 놈 아닙니다. 제가 마지막 기수라는 뜻이었습니다."

"유진 형도 너랑 동기였다면서?"

"유진 형은 열외로 쳐줘야죠."

그렇게 두 사람이 옥신각신하고 있을 때 강유진이 다가왔다.

"별관에 흔적이 없더라."

강유진의 말에 최명석이 자리에서 벌떡 일어섰다.

"에이, 형님, 거길 혼자 다녀왔어요? 나한테 말이라도 좀 해 주지."

"뭐 급한 일이라고. 시간 나는 사람이 설렁설렁 갔다 오면 되지. 싸움의 흔적이나 시체도 안 보이는 걸 보면…… 용케 피한 모양이야."

"여기서 오랫동안 장사를 했다고 하니 인맥이 좀 있었을 겁니다."

안상혁의 말에 최명석이 입을 삐죽거렸다.

"아니, 그 사람들도 좀 너무하네. 그런 정보가 있으면 우리에게 알려 주면 좋잖아. 왜 자기들만 도망가냐고."

"알려 줬잖아? 우리가 흘려들어서 그랬지."

강유진의 말에 안상혁과 최명석은 꿀 먹은 벙어리처럼 입을 다물었다.

확실히 어제저녁에 문배임은 각별히 조심하라고 했다. 그리고 조만간 한얼교에서 어떤 움직임이 있을 거라고까지 가르쳐 줬다. 그걸 가볍게 넘겨 버린 건 자신들이었다.

자책을 하고 있는 두 사람에게 강유진이 말했다.

"이번 일은 준비한다고 해도 막을 수 있는 게 아니었다. 우리는 그런 쪽으로는 아예 생각도 하지 못했었으니까. 좋은 경험으로 생각해야지."

"그렇긴 합니다만. 화가 나네요."

안상혁이 과학실에 서 있는 리어카를 보며 중얼거렸다.

오늘 아침에 살해된 남자들 가운데 리어카를 끌던 남자가 다섯이나 있었다. 덕분에 여자와 청소년들까지 투입해야 했다.

강유진이 안상혁의 어깨를 두드렸다.

"여기서 얻은 것도 적지 않다. 씨앗과 비닐하우스 재료는 정말 생각지도 못했던 엄청난 자원 아니냐?"

"……그렇기는 합니다만. 저 사람들 볼 면목이 없네요."

살해당한 남자들의 가족들은 공황 상태에 빠져 있었다.

강남을 떠날 때 따라붙은 사람들의 대부분은 가족 단위였다. 살해당한 남자들의 숫자가 여덟이니, 여덟 가정이 아버지나 할아버지를 잃은 셈이다.

"앞으로 더 많은 사람이 죽어 나갈 거다. 죽는 사람의 숫자를 줄이고 싶으면, 정신 차려라."

"네……."

안상혁이 결연한 표정으로 고개를 끄덕였다.

앞으로 더 많은 사람이 죽을 거라는 말에 정신을 차린 것이다.

남자들이 그렇게 결의를 다지고 있을 때, 여자들도 분주하게 움직이고 있었다.

부지런히 짐을 꾸리는 여자들의 얼굴은 복잡해 보였다.

이제 삼정중학교를 떠나면 언제 다시 건물에서 숙식을 하게 될지 모른다. 안정된 숙소의 있고 없음은 하늘과 땅만큼이나 차이가 난다. 숙소를 통해 심리적인 안정을 얻지 못하면 몸과 마음이 더 쉽게 병든다. 짐을 꾸리는 여자들의 표정이 무거운 것도 그래서였다.

임지연은 극단적으로 짐을 줄인 사람 중의 하나다.

짐이라고 해봐야 배낭 하나뿐인 임지연은 잠시 하던 일을 멈추고 사람들을 둘러보았다. 다들 웬만하면 여기 남았으면 하는 눈치다. 그래도 쌀은 물론, 기이한 능력까지 있는 강유진을 떠나 남겠다는 사람은 없었다. 화산이 언제 터질지 모른다는 것도 한몫했다.

그래도 무거운 마음을 숨기지 못했다. 이 건물 밖의 세상은 얼어붙어 있으니 더 그럴 것이다.

'하아! 정말 소빙하기(Little Ice Age, 小氷河期)라도 온 걸까?'

과학자로써 적당한 답을 내놓지 못한다는 데서 오는 자괴감에 절로 한숨이 나왔다.

하늘과 땅을 바라보며 연신 한숨만 푹푹 내쉬고 있는 임지연에게 두 사람이 쭈뼛쭈뼛 다가왔다.

정소이를 발견한 임지연이 웃는 얼굴로 물었다.

"소이구나? 무슨 일?"

"박사님, 오늘 떠나는 거 맞지요?"

강남 외곽에서 따라나선 사람들은 임지연과 김미연을 "박사님"이라고 불렀다. 두 사람이 누구인지 모르지만, 남들이 그렇게 부르니 따라 하는 것이다.

"응, 그래. 오늘 갈 거야. 노숙 힘들지?"

정소이가 화들짝 놀란 얼굴로 손사래를 쳤다.

"아니요, 힘들지 않아요."

"안 힘들긴, 나도 힘들어 죽겠는데."

어느새 곁으로 다가온 박미나가 끼어들었다.

그러자 정소이는 필사적으로 힘들지 않다고 했다. 힘들다고 말하면 버려두고 갈까 봐 걱정하는 사람 같아 보였다.

박미나가 피식 웃으며 말했다.

“얘, 얘, 힘들다고 해도, 남으라고 하지 않아. 그러니까 말해봐. 노숙 힘들지?”

“쬐끔요.”

그제야 정소이가 얼굴을 붉히며 고개를 숙였다.

그 모습이 귀엽게 보였던지 박미나가 정소이의 볼살을 꼬집었다.

“그런데 무슨 일이야?”

임지연이 정소이의 뒤에 서 있는 박미경을 보며 물었다. 박미경을 출발 전에 데리고 온 걸 봐서는 무슨 말을 할지 알 것도 같다. 그래도 직접 듣기 전까지 알 수 없는 일.

정소이가 어렵게 말문을 열었다.

“저어, 미경이가요, 지난번에는 멋모르고 언니들을 따라 간 거였거든요. 다시 돌아오고 싶어 하는데요……. 그래도…….”

가만히 듣고 있던 임지연이 불쑥 말했다.

“가면 되지.”

정소이가 고개를 쳐들었다.

“그래도 돼요?”

"당연하지. 너 우리 선생님 맨날 하는 말 몰라? 오는 사람 막지 말고 가는 사람 잡지 마라."

"아, 알아요."

"미경이라고 했지? 어서 와. 아까는 고마웠다."

임지연의 인사에 박미경이 허리를 꾸벅 숙였다.

"감사합니다. 열심히 일할게요."

그러자 박미나가 박미경의 등짝을 때리며 말했다.

"얘, 여기서 너 같은 꼬맹이들은 할 일이 없단다. 밥 잘 먹고, 잠 잘 자고, 병에만 안 걸리면 돼. 알았지?"

"네……. 감사합니다."

"감사는 무슨, 나도 빈대 붙어 있는 처지인데. 참, 다른 언니들은?"

박미나의 물음에 정소이가 조심스럽게 답했다.

"다른 언니들은 그냥 여기에 남겠다고 했어요. 이 도시가 제일 크고, 사람들도 착해 보인다고."

"그래? 그럼 할 수 없지."

임지연이나 박미나는 여자들이 남기로 한 이유가 꼭 그것 때문만은 아니라는 것을 안다.

동생과 한때의 동료들에게 마약을 먹이려고 한 것에 대한 죄책감 때문이리라. 시간이 지날수록 박미경도 그런 언니들과 함께 살

수는 없을 것이다.

그날 강유진 일행에 합류한 사람은 박미경뿐이 아니었다.

막 운동장을 가로지르는데 십여 명의 사람들이 우르르 몰려 왔다. 과학실을 내주고 사라졌던 가구 공장 사람들이었다.

전직 공장장이라던 남자, 손재형이 과장된 웃음을 터뜨리며 인사를 했다.

“아하핫! 강 선생님, 오늘 떠나신다고요?”

강유진은 잘 모르는 남자가 친근하게 묻자 얼떨결에 “네”라고 대답했다.

“우리도 며칠만 동행할 수 있겠습니까? 여기는 곧 화산이 터질 거라는 이야기가 있어서……. 이참에 다른 곳으로 이주를 해 보려고 하는데, 여럿이 움직이는 게 안전할 것 같아서 말입니다. 요즘은 강도들도 떼거리로 다닌다고 해서 말이지요.”

“우리는 강원도 방면으로 갈 생각인데, 방향이 맞겠습니까?”

“강원도요?”

손재형이 의외라는 듯 인상을 찌푸렸다.

비닐하우스 재료를 샀다고 들었는데 평야 지대로 가지 않고 강원도로 간다니?

‘그것도 이 추위에?’

얼핏 이해가 가지 않았지만 내색하지 않았다. 어차피 다른 마을이나 도시를 만날 때까지만 동행할 생각이었다.

"괜찮습니다. 가다가 적당한 곳에서 정착할 생각입니다."

"잠자리가 많이 불편하다는 건 염두에 두셔야 할 겁니다."

강유진은 노숙을 염두에 두고 한 말이다. 가구 공장 사람들은 여자와 어린애가 절반이 넘어 보였다.

"괜찮습니다. 사실 제가 아이디 가구의 공장장이고, 이 친구는 작업반장이었습니다. 같은 공장에서 일하다가 친해졌지요. 전쟁 전에는 두 가족이 오토캠핑도 다니고 그랬습니다."

"노숙은 상당히 춥습니다. 정말 괜찮겠습니까?"

"문제없습니다. 이쪽 일은 저와 동생이 알아서 할 테니 신경 쓰지 않으셔도 됩니다."

"알겠습니다. 그렇게 알고 있겠습니다. 그런데, 밤사이에 별일은 없었습니까?"

이 사람들은 수면제를 탄 물과 한얼교의 습격을 어떻게 넘겼는지 궁금했다.

강유진의 물음에 손재형이 껄껄 웃었다.

"말도 마십쇼. 다들 늦잠을 자는 바람에 아주 고생했습니다."

"아……."

그제야 강유진은 저들이 한얼교를 만나지 않았다는 것을 알았다.

어쩌면 자신들이 한얼교 습격의 첫 번째 희생양이었는지도 모른다. 그랬다면 저들은 정말 행운아들이다. 첫 번째 습격에서 한얼교가 멸망해 버렸으니 말이다.

"그럼 이만."

손재형이 목례를 해 보이고는 가족들에게 돌아갔다.

그렇게 가구 공장 출신의 가족들 열셋이 따라붙어 결과적으로 총인원은 늘어났다.

*　　　*　　　*

강유진 일행은 삼정중학교를 벗어났다.

아쉬움이 남는지 여자들은 몇 번이고 뒤를 돌아보았다. 화산 때문이라지만 온천이 있는 도시를 떠나려니 차마 발걸음이 떨어지지 않는 모양이다.

그건 가구 공장에서 우의를 다진 손재형과 최정산의 가족들도 마찬가지다.

왜 좋은 곳을 두고 떠나느냐는 아내의 잔소리에 지친 최정산이 손재형의 곁으로 부지런히 걸음을 옮겼다.

"형님, 마누라 잔소리 땜에 아주 죽겠습니다."

"나도 비슷해."

"그런데 우리가 꼭 지금 저 사람들을 따라 떠나야 합니까? 저 사람들 일행이던 젊은 여자들은 오히려 이천에 남았다고 하던데요."

"무슨 소리야?"

"별로 얻어지는 게 없으니까 떨어져 나간 거 아닙니까?"

"그 여자들이 왜 이천에 남았는지는 모르겠지만, 우리가 저 치들을 따라 가야 하는 건 단 한 가지 이유 때문이야. 우린 먹을 게 없어. 다른 도시에 정착해서 거래를 틀 때까지 어떻게든 붙어 있어야 해. 저 리어카를 봐. 저게 다 쌀이라고. 믿어져?"

"하지만 형님, 저 사람들이 우리에게 쌀을 나눠 준다는 보장도 없지 않습니까?"

"……."

최정산의 지적에 손재형은 아무 말도 하지 못했다.

"강도를 피하게 된 것만이라도 감사하자고."

"저 사람들도 무장은 별로 좋아 보이지 않던데요? 싸울 수 있는 남자도 몇 안 되고."

"그건 네가 몰라서 그래. 한얼교가 왜 학교에서 물러간 줄 알아?"

"모르죠. 그 변덕을 누가 알겠어요?"

"쯧, 내 친구 하나가 한얼교 선도사야."

"헉! 그런데 왜 한얼교에 안 들어가셨어요? 선도사 하나만 알아도 팔자가 핀다고 하던데?"

"인마, 내가 한얼교에 가입하면 우리 물건은 한얼교 재산이 된다고. 나중에 뭐로 거래하려고? 그나마 그거라도 있으니 우리가 자유롭게 행동할 수 있는 거 아니냐. 하여튼 중요한 건 그게 아니라, 그 한얼교가 망했다고 하더라."

"에?"

최정산이 믿어지지 않는다는 얼굴로 손재형을 바라보았다.

한얼교가 망하다니? 그건 대전에 핵폭탄이 떨어졌다는 소리만큼이나 충격적인 소식이었다.

"오늘 아침에 핼쑥한 얼굴로 찾아와서 묻더라. 저 치들 누구냐고. 한얼교가 완전히 쑥대밭이 돼서 해체 직전이란다."

"헐, 해체요?"

"그래, 그래서 나도 잘 모른다니까 가까이서 좀 잘 지켜봐 달래."

"아! 그래서 형님이 갑자기 관심을 가진 거군요?"

"그게 아니면 내가 미쳤냐? 피곤해 죽겠는데 그 짓을 하게?"

"그런데 떠난다니까 부랴부랴 서두른 거군요?"

"그렇지. 쌀은 못 얻어먹는다고 해도 최소한 강도단은 피할 수 있을 것 같아서."

"이야, 형님 순발력 하나 진짜 끝내줍니다."

"어차피 우리도 오늘내일 떠나려고 했었잖아. 여자들 잔소리에 휘둘릴 거 없어. 온천 며칠 즐기다가 골로 가는 수가 있다고."

"골로요? 화산 폭발 때문에요?"

"아니, 내 친구 녀석이 우리가 가진 물건을 알고 있더라고. 소문나는 것도 시간문제지."

"아니, 그걸 어떻게 알았대요?"

갑자기 최정산이 자라처럼 목을 움츠리고 좌우를 살폈다. 작은 눈까지 둥그렇게 뜬 걸 보면 어지간히 놀란 얼굴이다.

"나도 몰라. 세상에 비밀이 없다더니. 딱 그 꼴 났잖아. 며칠 더 버텼으면 학교가 강도로 들끓었을 거야."

최정산이 좌우로 눈알을 굴렸다.

"형님, 첫째도 비밀, 둘째도 비밀입니다. 안 그럼 우린 모두 죽습니다."

"알아 인마. 너나 입 꾹 다물고 있어. 제수씨에게 말한 건 아니지?"

"제가 미쳤습니까? 그걸 이야기하게?"

"알았어. 하여튼 조심하자고."

두 남자는 그 뒤로도 먹거리를 구하는 문제로 한동안 쑥덕거렸다.

이천을 벗어난 지 하루가 지났다.

그동안 거주민이 채 스무 명도 안 되는 마을 하나를 만났다.

물죽으로 연명하던 그들은 강유진 일행에게 쌀을 얻어가면서도, 오히려 '얼어붙은 세상을 왜 떠돌아 다니냐?' 며 동정 어린 충고를 했다.

사흘째 되던 날, 손재형과 최정산의 가족들은 사색이 됐다. 간당간당하더니 마침내 먹을 게 떨어진 것이다.

점심 무렵, 강유진 일행은 적당한 곳에서 잠시 휴식을 취했다.

강유진은 남들 모르게 흙으로 아궁이를 만들었다.

그 위에 무쇠솥을 올리고, 아궁이 안에 불의 정령 플라멘을 불러 솥을 달굴 생각이다.

그렇게 하면 사람들이 '나무를 구해 불을 피웠다' 고 생각할 거라고 믿었다.

잠시 후 강유진이 만든 다섯 개의 아궁이 위에 다섯 개의 무쇠솥이 올려졌다.

준비가 끝나자 여자들이 눈을 녹여 쌀을 씻고, 밥 짓기를 시작했다.

얼마 지나지 않아 솥단지 안의 물이 끓으면서 김이 새어 나왔다.

그때부터 여자들은 더 바쁘게 움직였다.

솥단지 주변에 모여 반찬을 준비하기 시작한 것이다. 어떤 이는 통조림을 따고, 어떤 이는 마른 나물을 풀어서 양념에 무치기도 했다.

강유진은 멀찍이 앉아 밥 준비에 한창인 임지연과 강하연을 바라보았다.

전쟁 전의 평화로운 일상이 떠오르는 광경이다.

그런 강유진의 옆에 안상혁이 와서 앉았다.

"어서 와. 웬일이냐?"

지금쯤 김미연 박사에게 붙잡혀 잔심부름을 하고 있어야 할 안상혁이었다.

"형님, 아이디 가구 사람들 말입니다. 오늘 아침이 마지막 식량이었던 것 같습니다. 아까부터 우리 밥솥만 바라보고 있는데…… 저대로 그냥 내버려두실 겁니까?"

"저 사람들……, 뭔가 감춰 둔 게 있어. 그게 뭔지 스스로 가지고 오기 전까지 모른 척해."

"정말요?"

"응. 진짜 배가 고프면 거래를 하자고 할 거야."

"아!"

안상혁의 입에서 탄성이 흘러나왔다.

지금까지 그들에게 온 사람들은 전부 빈손이었다. 뭔가 가진 사람들이 있다면, 그들의 식량이 소진될 때까지 쌀을 주지 않았다.

강유진은 "함께 먹고 함께 굶는다"를 생활 신조로 삼고 있었다. 당연히 음식을 공유하지 않고 따로 챙긴 사람에게는 나누어 주지 않았다.

잠시 후 최명석이 다가와 안상혁과 비슷한 말을 했다.

피식 웃던 안상혁이 강유진의 말을 전했다.

가만히 듣고 있던 최명석이 물었다.

"그런데 그게 먹을 게 아니라면요? 애들이 많으니까, 음식이라면 먹으려고 준비했을 것 같은데……. 만약 저들이 가진 게 금이나 약처럼 거래에 사용할 수 있는 물건이라면, 저 사람들에게 공평하지 않잖아요? 다른 사람들은 다 공짜로 먹는데."

최명석의 지적에 강유진이 탄사를 터뜨렸다.

"이야! 정말 명석이! 예리하다. 나도 그 생각은 못 해봤는데……. 정말 그렇다면 저 아이디 가구 사람들만 억울하게 생겼네?"

안상혁도 순순히 시인했다.

"그건 그러네요. 저도 저 사람들이 가진 게 음식이 아닐 수도 있다는 생각을 못 했습니다."

강유진과 안상혁이 '저들에게 쌀을 언제 줘야 하나?' 로 고민하고 있을 때다.

호랑이도 제 말 하면 온다더니, 아이디 가구의 손재형이 쭈뼛거리며 다가왔다.

강유진과 안상혁이 자리를 털고 일어났다.

"어서오십쇼. 그렇지 않아도 그쪽 분들 이야기를 하던 참입니다만……, 어쩐 일이십니까?"

강유진의 물음에 잠시 머뭇거리던 손재형이 말했다.

"저어, 실은 저희들의 식량이 떨어졌습니다. 그래서 드리는 말씀인데……. 거래가 가능하겠습니까?"

"거래요?"

그냥 주려던 강유진이지만 거래하자는 말에 호기심이 일어났다.

대체 뭘 가졌기에 도둑맞을 게 두려워서 자신들을 따라나선 것일까?

며칠 전 두 남자가 나누는 이야기를 우연히 듣게 되었을 때부터 궁금했다. 이제 그 해답을 알게 되었다고 생각하니 괜히 웃음이 나왔다.

손재형은 대답 대신 손을 슬그머니 내밀었다.

그의 손바닥에 든 것은 하얀 가루가 든 비닐봉지였다.

강유진이 인상을 찌푸렸다.

"이건…… 뭡니까?"

"제가 헤로인을 조금 가지고 있습니다. 그것으로 쌀을 샀으면 하는데요."

헤로인이란다!

강유진이 멍한 얼굴로 손재형을 바라보았다.

평범한 사람들인 줄 알았는데, 꽁꽁 감추어 두고 있던 게 마약일 줄이야!

이천에서 여자들이 마약으로 험한 꼴을 당할 뻔한 직후라, 그렇지 않아도 마약에 대한 인식은 최악이었다.

강유진은 한숨과 함께 한 걸음 물러섰다.

안상혁이 강유진을 향해 물었다.

"어떻게 할까요?"

"글쎄, 마약이 진통제로도 쓰인다는 얘기를 들었는데, 네 의견은 어떠냐?"

"헤로인이 마약인 건 분명하지만 강력한 진통 효과도 있습니다. 확실한 관리와 통제 아래에서라면 필요한 약품이라고 할 수 있습니다."

"흠……."

강유진이 손재형을 다시 바라보았다.

마약만 아니었다면 그냥 쌀을 줄 수도 있었다. 그러나 마약을 가지고 다닌다면 이야기가 다르다. 의사인 안상혁은 마약을 진통제로 사용할 수 있겠지만, 다른 사람들에게 그것은 그저 마약일 뿐이다.

'그렇다면 사는 게 낫겠지…….'

다른 사람의 손에 들어가 악용되느니 쌀로 구매해 두는 것도 괜찮을 것 같다.

"적당량을 매입해 둬라."

"예."

안상혁은 강유진의 말 속에서 그의 고뇌를 읽을 수 있었다.

"그럼, 손재형 씨, 거래 조건을 맞춰 볼까요?"

안상혁의 말에 손재형의 안색이 밝아졌다.

처음 강유진의 표정을 보고 거래가 불발되는 건가 싶어 불안하기도 했다. 그런데 그건 아닌가 보다.

'문제는 조건인데…….'

하지만 그것도 적당히 맞춰 주면 될 것이다.

"예, 예."

안상혁은 손재형을 데리고 한쪽 구석으로 걸어갔다.

그리고 두 사람은 한동안 심각한 표정으로 대화를 나누었다.

금방 끝날 것 같았는데, 두 사람의 대화는 30분이 지나도 여전했다. 쌀도 중요하지만, 마약 역시 어떤 이들에게는 목숨만큼이나 소중한 가치이다. 그러다 보니 절충점을 찾기가 쉽지 않아 보였다.

그러나 마약 중독자가 없는 이곳에서 가장 중요한 것은, 누가 뭐래도 쌀이다.

손재형의 일행 역시 마약보다는 쌀을 필요로 했다.

한참 만에 안상혁이 승리의 미소를 지으며 돌아섰다.

뒤로 보이는 손재형은 어딘지 초탈한 표정이다.

잠시 후 손재형이 떠나자 최명석이 물었다.

"저 사람 표정이 왜 저래요?"

"나한테 헤로인을 다 뺏기게 생겼으니 그렇지."

"얼마나 후려쳤길래요?"

"뭘 후려쳐? 쌀로 헤로인을 샀다는 이야기 들어 본 적이 있냐?"

"아직 없는데요?"

최명석이 눈을 끔뻑거렸다.

이 난리 통에 누가 먹을 것으로 마약을 산단 말인가!

마약 중독자에게는 식량이 없고, 식량을 가진 사람 중에는 마약 중독자가 없다. 그러니 식량으로 마약을 사는 일 따위는 상상 속에서나 가능한 일이었다.

“헤로인을 모두 가져오면 동행하는 동안 쌀을 공급해 주고, 떠날 때 쌀 한 가마를 주기로 했다.”

“에? 그렇게 싸요?”

최명석의 입장에서는 말이 안 되는 조건이었다. 어차피 동행인들에게 쌀은 그냥 퍼주고 있는 상황이다. 결국 헤어질 때 쌀 한 가마니가 조건의 전부인 셈이다. 그 헤어진다는 것도 자신들의 입장에서는 전혀 손해날 일이 아니다. 부양해야 할 입이 줄어드는 경우이니 말이다.

“식량을 가진 사람 중에 마약을 필요로 하는 사람이 얼마나 있을 것 같냐? 거의 없다. 저 사람은 처음부터 생각을 잘못한 거야. 마약은 범죄 조직에서나 필요하지 개인에게는 먹을 수도 팔 수도 없는 진짜 무거운 짐이라고. 마약을 가지고 있다는 소문이 나면 저 사람과 그 가족들은 살해당할 거야.”

“그러니까 겁을 줘서 뺏은 거예요?”

“아니, 현실을 깨닫게 해 준 것뿐이다.”

“이야! 형님! M마트 사람보다 장사를 잘하네! 근데 저 사람이 마약을 조금만 줄 수도 있잖아요?”

“나중에 저들 집에서 마약이 발견되면 쌀을 주지 않겠다고 했다.”

"헐! 저 사람들 짐을 뒤져 봐야겠네요?"

"그 정도까지 갈 일은 아니고……. 일반인이 마약을 가지고 다니는 게 얼마나 위험한 일인지 가르쳐 줬으니, 다 반납할 거다."

"하여간 형님은 의사가 아니라 장사를 했어도 성공했을 거예요."

"칭찬 같은데 왜 기분이 더럽지?"

"그건 형님이 제 칭찬을 순수하게 받아들이지 않아서 그래요."

"아, 그런 거냐?"

"사람을 좀 믿으세요. 다른 사람들이 다 형님 같지는 않다고요."

"확실히 지금 건 욕이지?"

"와아! 좋은 소리도 욕으로 알아들으시네. 그것도 재능인가요?"

그렇게 둘이 노닥거리고 있을 때다.

약속대로 손재형이 가방 하나를 들고 돌아왔다.

가방을 받아 든 안상혁은 내용물을 확인해 보고는 고개를 끄덕였다.

"지금부터 따로 분가(分家)해 나갈 때까지 쌀과 부식을 제공해 드리도록 하겠습니다."

"감사합니다."

손재형은 마약에 대한 미련을 버렸는지 기쁜 얼굴이었다.

이윽고 손재형은 그 일행들이 한 끼 먹을 만큼의 쌀을 들고 돌아갔다.

멀어져 가는 손재형의 뒷모습을 보며 강유진이 중얼거렸다.

"아버지로 살아가기가 쉬운 일은 아니야……."

"왜요?"

최명석이 손재형과 강유진을 번갈아 바라보았다.

"저 사람은 누가 봐도 일반인이잖냐. 가족들을 부양하겠다고 마약을 가지고 다닌 걸 생각해 봐라. 그게 보통 담력으로 될 일이냐?"

"하긴 그렇겠네요. 그런데 저 사람은 어디서 마약이 났을까요?"

거래할 때 그에게 마약에 얽힌 사연을 들은 안상혁이 담담한 어조로 말했다.

"전에 있던 아이디 가구 사장이 소문난 약쟁이였단다. 전쟁 통에 사장이 죽었는데, 저 사람이 피난 가기 전에 사장실을 뒤지다가 그걸 발견했다고 하더라. 처음에는 버리려고 했는데, 비싸게 거래될 거라는 생각에 그냥 들고 다녔다나 뭐라나……. 하여튼 대충 줄거리가 그렇다."

"헐! 전쟁으로 대박 난 사람이네요?"

"그의 말이 전부 진실이라면 그렇겠지."

"거짓말일 수도 있다고 생각하세요?"

"모르지. 우리가 그 사람 뱃속에 든 회충이 아니니까."

"에이, 형님은 식사 전에 더러운 얘기 잘하더라."

"정정하마. 열 길 물속은 알아도 한 길 사람 속은 모른다고 하니까 모른다. 됐냐?"

최명석이 강유진에게 시선을 돌렸다.

"형도 저 사람이 거짓말하는 것 같아요?"

"언제나 진실만을 말하는 사람은 없지 않냐? 너는 항상 진실만 말하냐? 말해봐. 박미나 씨하고 어디까지 갔어?"

"에이, 내가 가긴 어딜 갔다고 그래요?"

"매일 밤마다 둘이 잠깐씩 사라지니까 하는 말이지."

"이야! 형은 그걸 또 지켜보고 있었어요? 나 스토킹해요?"

"됐고, 저 사람들 나갈 때까지 잘 살펴보기나 해. 또 뒤통수 맞고 싶지는 않으니까."

"예."

"그럴 생각입니다."

안상혁과 최명석은 금방 진지한 얼굴이 되었다.

지난번 삼정중학교에서는 운이 좋았다. 만약 한얼교에서 급수 탱크에 독약이라도 탔다면 반격의 기회도 없이 모두 매장당했을 것이다.

"명석아, 이제 그만 가라. 박미나 씨가 아까부터 너 노려보고 있는 거 안보이냐?"

"헉쓰! 그럼 이따가 다시 뵙죠."

최명석이 꼬리에 불붙은 강아지처럼 박미나를 향해 뛰어갔다.

그런 최명석을 보며 강유진이 한마디 던졌다.

"좋은 때야."

"형님은 안 가십니까? 형수님도 기다리시는 것 같은데요."

"그래, 가야지. 너도 얼른 가라. 기다리는 사람 힘들게 하지 말고."

강유진이 안상혁의 어깨를 툭툭 쳐 보인 후 먼저 자리를 떴다.

안상혁은 사람들이 떠난 뒤에도 한동안 움직이지 않았다.

손재형은 어떻게 마약을 구한 걸까?

알 수 없다.

한 가지 분명한 건 그가 마약으로 거래를 할 생각이었다면, 다른 어떤 일도 할 수 있다는 것이다.

'복잡하군.'

안상혁의 입에서 한숨이 길게 흘러나왔다.

다시 생각해도 어이가 없다.

저 착실하게 생긴 아이디 가구 공장장이 꽁꽁 감추고 있던 게 금이나 약이 아니라 마약이었다니?

제9화

눈이 그친 자리에

"그 말을 믿던가요?"

최정산의 물음에 손재형이 피식 웃었다.

"안 믿으면?"

"내일쯤 찢어지죠?"

"그래, 나도 아주 조마조마해 죽겠다."

멀리서 아이가 기침하는 소리가 들려왔다.

손재형의 입에서 한숨이 흘러나왔다.

"형님, 걱정하지 마세요. 빨리 가면 괜찮을 겁니다. 감기엔 온천이 즉효입니다."

"그래야지."

손재형과 최정산이 악수를 하고 헤어졌다.

가만히 누워서 잠을 자려고 애쓰던 강유진이 "쯧쯧!" 하고 혀를 찼다.

"개 눈에는 똥만 보인다더니……."

정령과의 일체화가 진행된 이후로 바람의 떨림만으로도 주변에서 일어나는 일쯤은 알 수가 있다.

아이디 가구공장의 사람들은 불안해하고 있었다. 말하는 걸 보면 마약을 빼돌린 것 같다.

온천이 어쩌고 하는 걸 보니 이천으로 되돌아가려는 것일까?

"잘 먹고 잘살아라."

강유진은 어린 아이들을 위해서라도 이천의 화산이 폭발하지 않기를 바랐다.

아니나 다를까?

이튿날 점심 무렵이다.

거주민이 삼십 여 가구가 살고 있는 마을을 우회해서 30분쯤 더 전진했을 때다.

손재형이 찾아와 "최정산 가족과 함께 조금 전 마을에 정착하기로 했다"며 쌀 한 가마를 요구했다.

강유진은 군말하지 않고 쌀을 내주었다.

손재형은 쌀을 어깨에 짊어지고 씩씩하게 돌아갔다.

곧이어 손재형과 최정산의 가족들이 멈춰 서서 아쉽다는 얼굴로 손을 흔들었다.

손재형의 어린 아들이 엄마 손을 잡고 연신 기침을 해댔다.

다시 걸음을 떼며 강유진이 물었다.

“괜찮겠지?”

“뭐가요?”

안상혁이 의아한 얼굴로 강유진을 바라보았다.

“손재형 씨 아들 말이야. 어제부터 기침을 좀 하던데.”

“무리만 하지 않는다면 이천까지는 문제없을 겁니다.”

“응? 너는 어떻게 알았냐?”

“그렇게 작은 마을에서 마약을 처분할 수는 없지 않겠습니까? 저 사람들 씨앗도 없고, 재배에도 관심을 보이지 않던데요. 마약을 더 가지고 있을 겁니다.”

“잉? 형님, 그걸 알면서도 짐 검사 없이 보내 주는 겁니까? 쌀까지 주고?”

최명석이 멀어져 가는 손재형 일행과 안상혁을 번갈아 바라보았다.

“가족들이 무슨 죄냐?”

안상혁의 말에 최명석이 애매하다는 표정을 지었다.

"그야 그렇지만, 우리에게 쌀이 무한대로 있는 것도 아니잖아요? 거 왜 '평화를 원하거든 전쟁을 준비하라'는 말도 있잖습니까? 우리도 쌀이 떨어질 때를 대비해야 한다고 생각하는데……."

"비유의 핀트가 좀 애매하게 어긋난 것 같은데, 무슨 말인지는 알겠다. 그래서 유진 형님이 비닐하우스와 씨앗을 샀으니까 너무 걱정하지 마라."

"씨앗을 심으면 일주일 뒤에 쌀이 열린답니까? 파종에서 수확까지 육칠 개월은 걸립니다. 그 정도 버틸 식량을 준비하지 않으면, '죽 쒀서 개 주는 일'이 됩니다. 우리가 뿌리고 굶어 죽은 뒤에 다른 사람들이 와서 먹게 될 수도 있어요."

"야, 그게 어떻게 죽 쒀서 개 주는 일이냐? 그리고 왜 굶어 죽을 생각을 해. 어떻게든 먹거리를 조달해야지."

"어떻게 조달하냐고요? 일단 씨를 뿌리면 우리는 정착한 거니까, 움직이지 않을 거잖아요. 누가 가서 식량을 조달해요? 도시에 그 정도의 식량이 남아 있기나 할까요?"

최명석의 지적에 안상혁은 일순 말문이 막혔다.

최소 육 개월 이상 버틸 식량을 마련해 두어야 한다는 말에 가슴이 답답해졌다. 과거와 다른 현실을 자꾸만 망각한다.

두 사람의 말을 듣고 있던 강유진이 한마디 던졌다.

"명석이 너, 전에 김지원의 부대가 조사하던 전국 군수창고의 목록을 가지고 있다고 하지 않았냐? 안영민 짐을 정리하다가 찾았다면서?"

"아, 네."

"그걸 찾아다니다 보면 뭐라도 나오지 않겠냐?"

"그, 그건 그러네요?"

최명석의 말에 안상혁이 인상을 찡그렸다.

"아니 그 전에, 명석이 너, 그 목록을 중심으로 우리 이동 경로를 정하자고 했었잖아? 그런데 왜 지금까지 입 다물고 있었냐?"

"그게, 갑자기 쌀이 생기다 보니…… 깜빡……."

"식량 확보는 네 손에 달린 거나 마찬가지잖아? 군수창고 목록까지 가지고 있으면서 왜 도시에 식량이 있느니 없느니 걱정을 해?"

"고된 일정에 깜빡한 거예요. 형님들도 잊고 있었잖아요?"

사실 최명석이 군수창고의 목록을 까맣게 잊고 지낸 건, 고된 일정 때문만은 아니다. 현재의 지명을 알 수가 없어서 목록이 있어도 활용하기 어려웠다. 그러다 보니 차츰 펼쳐 보지 않게 되고, 마침내는 그런 일이 있었다는 것조차 잊고 만 것이다.

"우리가 잊은 건 그 목록 자체가 우리 손에 없으니까, 그럴 수도 있는 거고. 너까지 그러면 안 되지. 혹시 그 서류 잃어버린 건 아니겠지?"

"에이, 형님은 잘 모르겠지만 저 스페셜 리스트 최명석입니다! 있어요! 있어!"

최명석이 제 가슴에 있는 주머니를 힘차게 두드려 보였다.

"응? 여기 있었는데……."

부지런히 주머니를 뒤지던 최명석이 굳은 얼굴로 안상혁을 바라보았다.

"혀, 형님? 어떡하죠?"

"뭐야? 설마 잃어버린 거냐? 그런 거냐?"

아까부터 긴장한 눈으로 바라보고 있던 안상혁의 얼굴이 절망으로 물들어갔다.

순간 최명석이 시치미를 뚝 떼고 천연덕스럽게 답했다.

"여기 잘 있는데요? 어떻게, 이천에서 가까운 군수창고가 있는지 확인해 볼까요? 이천과 강원도 사이로다가……."

"……."

안상혁이 지친 얼굴로 고개를 설레설레 저었다.

"하아, 농담도 상황에 맞게 하자. 어떻게 그런 걸로 농담을 할 수 있냐? 그렇지 않습니까, 형님?"

안상혁은 강유진을 바라보았다.

동의를 구하고 있는 것이다.

그러나 강유진은 그런 문제에 안상혁보다 훨씬 유연한 사람이었다.

“상혁아, 원래 농담은 허를 찔러야 제맛이다. 넌 너무 경직 돼 있어. 조금만 긴장을 풀자. 나는 명석이 말의 반만 믿는다. 나머지는 버려. 그럼 편안해져.”

“형님? 제 말의 반만 믿는다고요? 그건 아니죠?”

신뢰를 잃어버린 최명석이 울상을 지었다.

“그러니까 평소에 좀 잘해.”

“형님, 저는 항상 최선을 다합니다.”

“어이쿠! 제발, 최선을 다해서 군수창고를 찾아봐.”

안상혁의 말에 최명석이 억울하다는 듯 입술을 실룩였다.

두 사람의 말싸움이 다시 시작될 기미가 보이자 강유진은 슬그머니 뒤로 빠졌다.

“오늘은 또 무슨 주제로 저런대요?”

임지연이 강유진에게 다가가 팔짱을 꼈다.

근처에 하연이가 있지만 임지연은 신경 쓰지 않는 눈치다.

잠시 임지연의 손등을 토닥이던 강유진은 지금까지 있었던 일을 요약해서 들려주었다.

“저 두 사람은 진짜 형제 같아요. 선생님은 그렇게 생각하지 않아요?"

임지연은 여전히 그를 선생님이라고 불렀다.

"의가 좋은 형제죠."

"그런데 그 사람들 괜찮겠죠?"

"아이디 가구 사람들요?"

강유진이 뒤를 돌아보았다.

어느새 손재형 일행은 보이지 않았다.

"네, 애도 아픈 것 같던데."

"우리가 이천을 떠난 지 나흘째니까, 부지런히 돌아가면 괜찮을 거예요. 다행히 지난 며칠 동안은 그 지긋지긋한 눈도 내리지 않았고……."

"아! 그러고 보니 정말 눈이 안 내렸네요? 이거 좋은 현상 맞죠?"

"저명한 과학자께서 문과생에게 물어보면 어떻게 합니까? 좋은 현상인가요?"

"제 느낌에 대기가 조금씩 안정을 찾아가는 것 같기도 해요."

"오!"

강유진이 좋아하자 임지연이 서둘러 말을 이었다.

"느낌에 그렇다는 거예요. 저도 기상학에 대해서는 문외한이라서……."

"그래도 박사님이 그렇게 말하니까 신뢰가 갑니다."

"후후, 단순한 후광 효과일 뿐이니, 신뢰까지는 하지 마세요."

강유진이 웃고 있는 임지연을 물끄러미 바라보았다.

"왜요? 얼굴에 뭐 묻었어요?"

"아니요, 예뻐서 그냥 본 거예요."

"어머! 무슨 대학생이 여자 꼬실 때 하는 소리를 하세요?"

"어허, 저 그런 남자 아닙니다."

강유진과 임지연은 잠시 농담을 주고받았다.

한동안 깔깔거리던 임지연이 빙그레 웃으며 말했다.

"이러니까 옛날로 돌아간 것 같네요. 전쟁 전의…… 아무 일도 없었던 그 시절로 말이에요."

"그런가요?"

강유진이 문득 눈을 들어 눈 덮인 산하(山河)를 바라보았다.

그 어디에도 문명의 흔적이 없었다.

보이는 것은 오직 하얀 눈밭.

구불구불 이어져 있던 그 흔하던 길도 눈에 파묻힌 지 오래다.

생각에 잠긴 강유진의 귓가로 임지연의 음성이 들려왔다.

"인간은 살아남을 거예요. 그쵸?"

"그럴 겁니다."

강유진이 임지연의 손을 힘주어 잡았다.

그녀의 믿음대로 인간은 살아남을지도 모른다. 서로를 죽이지 않는다면 말이다.

*　　*　　*

붉은 원피스를 입은 아름다운 백인 여자가 다리를 꼬고 앉아 있다. 그녀의 앞에는 알몸의 동양인 여자아이가 서 있었다. 소피아와 제니다.

소피아가 인상을 찌푸리며 말했다.

"제니, 내가 뭐라고 했지? 자꾸 규칙을 어기면 나도 너를 보호해 줄 수가 없어. 알겠니?"

"네……."

제니가 기어들어가는 소리로 대답했다.

아직 영어에 능숙하지 못해 여자가 하는 말을 다 알아듣지는 못했지만, 그렇게 대답해야 한다는 것 정도는 알고 있었다.

"도시락 법이 뭐라고 했지?"

"한 지역에서는 한 사람만……."

"그런데 왜 자꾸 사람을 죽이는 거야? 벌써 한 블록의 사람을 네가 죽였어. 이 작은 도시의 사람을 모두 죽일 셈이야?"

"……."

백인 여자, 소피아가 안타깝다는 듯 말했다.

"그들이 없으면, 우리 신인류도 살아남을 수 없다고 몇 번 말했니? 우리에게는 그들의 개체 수를 잘 관리해야 하는 책임이 있어. 알아?"

"네……."

제니는 마지막의 "알아?"라는 말만 알아들었다.

"이리와."

화가 가라앉았는지 소피아의 음성은 부드럽게 변했다.

제니가 그녀의 앞으로 가서 섰다.

소피아가 제니에게 옷을 입혀 주며 중얼거렸다.

"너는 내 인형이야. 피로 더렵혀져서는 안 돼. 그러니까 그런 이상한 짓은 이제 그만해."

"……."

제니는 소피아를 물끄러미 바라보았다.

순서대로 옷을 입혀 나가던 소피아가 잠시 멈칫거렸다.

"뭐라고 했니?"

"아니……."

"그래? 내가 잘못 들었나?"

소피아는 제니에게 옷을 다 입히고, 머리에 리본 모양의 핀까지 꽂았다.

"내가 제일 좋아하는 머리핀이야. 네 머리와 잘 어울리는 것 같아."

소피아가 제니의 볼을 꼬집었다.

"이럴 때 뭐라고 해야 한다고 했지?"

"……고마워요."

"그래, 이리와."

소피아는 제니를 품에 안고 등을 뒤로 비스듬히 기댔다.

병실에서 생활하던 어릴 때는 이렇게만 하고 있어도 마약을 한 것처럼 기분이 좋았다.

그런데 지금은 몸도 건강해지고, 이렇게 큰 인형까지 안고 있는데, 기분이 별로다.

"……."

그 순간 희미하게 어떤 음성이 들려왔다.

"뭐라고?"

소피아가 다시 제니를 바라보았다.

"아니……."

"아아, 또 잘못 들은 모양이군. 약이라도 먹어야겠어."

소피아가 자리에서 일어나 화장대로 갔다.

그리고 화장대 위에 있던 약병 가운데 하나를 들어, 그 안의 내용물을 입 안에 털어 넣었다.

곧이어 몸에서 힘이 빠져나가며 몽롱해진다.

'그래 바로 이거야…….'

소피아는 비칠거리는 걸음으로 소파를 지나 안방의 침대 위에 몸을 실었다.

거실의 소파에 쪼그리고 있던 제니가 중얼거렸다.

"시끄러우니까 약이라도 먹고 자라고……."

*　　*　　*

이튿날, 아침 강유진 일행이 짐을 꾸리고 있을 때다.

멀리서 누군가 천천히, 그리고 눈에 띄게 비틀거리는 걸음으로 다가왔다.

떠날 채비를 하고 있던 사람들이 그를 피해 좌우로 갈라졌다.

그는 피투성이의 모습으로 돌아온 손재형이었다.

안상혁이 재빨리 달려가 손재형을 부축했다.

"어떻게 된 일입니까?"

"크윽, 도와…… 주십쇼."

안상혁은 배를 덮고 있던 손재형의 손을 천천히 밀어냈다.

강도라도 만났는지, 총상을 입은 그의 배에서 검붉은 피가 꾸역꾸역 흘러나오고 있었다.

손재형이 안상혁의 손을 잡고 애원했다.

"제발…… 아내와 아이들을……."

"누가 한 짓입니까?"

"으음, 최정산이…… 배신을……."

"아아!"

안상혁의 입에서 장탄식이 흘러나왔다.

결국 인간의 욕심이 비극을 만들었다. 마약과 쌀에 눈이 먼 최정산이 손재형을 배신한 것이다.

묵묵히 손재형을 내려다보던 최명석이 강유진에게 고개를 돌렸다.

"형님, 어떻게 할까요?"

잠시 생각하던 강유진이 손재형에게 물었다.

"언제 그 일이 일어난 겁니까?"

"헉! 헉! 오늘…… 새벽에…… 눈을 뜨니…… 총을 겨누고 있었습니다."

"다른 가족들은 어떻게?"

"으윽, 모르겠습니다. 저만 버려두고 갔으니까요……."

안상혁이 고통스러워하는 손재형에게 적당량의 마약을 투여했다.

혁명군 시절부터 약품이 귀하다 보니 이것저것 닥치는 대로 사용했다. 그에게 마약은 아주 고급스러운 약재라고 할 수 있었다.

그제야 거칠던 손재형의 숨소리가 조금 편안해졌다.

강유진이 안상혁과 최명석에게 말했다.

"내가 가볼 테니까 여기서 기다려라."

"저도 같이 가겠습니다."

최명석의 말에 강유진이 고개를 저었다.

"아니, 넌 남아야겠다."

"아, 왜요?"

"눈이 그친 지 제법 되니까, 강도단도 활개치고 다닐 거다. 싸울 수 있는 남자라고 해 봐야 대여섯 명밖에 안 되잖아. 상혁이를 도와서 여길 지켜."

"알겠습니다."

최명석은 더 이상 고집을 부리지 않았다. 강유진이 없는 동안 강도라도 만나면 그것도 큰일이었다.

안상혁이 최명석에게 말했다.

"나는 지금부터 총알을 제거할 테니까, 명석이 네가 사람들을 좀 지휘해야겠다. 무기도 나눠 주고, 보초도 좀 세워라. 그놈 뒤에 강도단이 있을 수도 있으니까."

"그런 건 내가 알아서 할 테니까 걱정 하지 말고, 수술이나 잘

하세요.”

“그래. 가는 길에 미연 씨 좀 오라고 해라. 수술 보조를 부탁해야겠다.”

“예, 근데 괜찮겠어요? 피만 보면 자지러지던데?”

“없는 것보다는 낫다.”

“그럼, 형님, 저 먼저 갑니다.”

최명석이 강유진에게 눈인사를 보낸 뒤 자리를 떴다.

강유진도 지체하지 않고 왔던 길을 되짚어 달리기 시작했다.

손재형의 핏자국이 점점 선명해져서 위치를 찾는 데 큰 어려움은 없었다.

눈길 위를 바람처럼 달려가던 강유진의 걸음이 서서히 느려졌다.

핏자국이 지붕이 절반쯤 남은 허름한 블록 건물로 이어지고 있었다. 저 창고 같은 건물이 모든 일의 출발점이라는 뜻이다.

강유진은 창고 안으로 한 걸음 들어갔다.

한쪽 벽 아래에 얼어붙은 핏덩어리가 한가득이다. 손재형이 총을 맞은 자리 같았다.

창고에는 아무것도 남아 있지 않았다.

강유진은 창고 밖으로 나가 눈 위에 찍힌 발자국을 따라 뛰었다.

발자국은 다시 두 갈래로 갈라졌다.

하나의 발자국이 양쪽을 오고 간 게 보인다.

'최정산이다!'

강유진은 최정산이 손재형의 가족들을 버린 곳으로 향했다.

5분쯤 갔을까?

어디선가 콜록거리는 기침 소리가 들려왔다.

강유진은 기침 소리를 따라 몸을 날렸다.

마침내 얼음과 눈으로 뒤덮인 바위틈에 세 사람이 보였다.

낯익은 아이 둘과 여자 하나.

어제 헤어질 때 열심히 손을 흔들던 얼굴들이다.

삼십 대 후반의 여자가 두 아이의 몸을 손으로 미친 듯이 비벼대고 있었다. 마찰열을 이용해 체온을 유지해 보려는 것이리라.

하지만 기온이 영하 40도가 넘는다. 저런 동작으로 어떻게 해볼 수 있는 상황이 아니다.

아이들의 숨결도 간당간당했다.

"안녕하세요?"

"악!"

갑작스러운 강유진의 등장에 여자의 입에서 외마디 비명이 터져 나왔다.

최정산이 죽이려고 돌아온 줄 알았던 모양이다.

그러나 이내 강유진의 얼굴을 확인한 여자는 울며 소리쳤다.

"선생님! 도와주세요! 도와주세요!"

성큼성큼 다가간 강유진이 플라멘을 불러냈다.

바위를 중심으로 원형의 불길이 일어났다.

불이 너무 강하거나 높으면 산소가 희박해져 위험하다. 과거 이소빙이 만든 불 벽에 갇혀 고생을 해 본 강유진인지라, 체온 유지에 적당한 불을 만들었다.

바위 인근에 따뜻한 바람이 불자, 눈과 얼음이 녹아내렸다.

물길을 만들어 흘러 내려가던 그것은 원형 밖에서 다시 얼음으로 돌아갔다.

"……."

여자와 아이들은 난생처음 보는 광경에 눈만 끔뻑일 뿐 아무런 말도 하지 못했다.

콜록. 콜록.

따뜻해지자 아이의 기침 소리가 힘 있게 터져 나왔다.

강유진은 가지고 다니던 알루미늄 컵에 얼음을 담았다.

얼음은 이내 따뜻한 물로 변했다.

강유진이 오른손으로 컵을 말아 쥐고 나직이 치료의 주문을 외웠다.

"……우마르크 비크나페이아."

컵 속에서 작은 폭발이라도 일어난 듯, 노을빛이 눈부시게 쏟아져 나왔다.

전에 없던 향기가 느껴졌다.

문득 마법이란 쓸수록 다듬어지는 기술이라는 생각이 든다.

향긋한 냄새를 맡아보던 강유진이 마음에 든다는 듯 고개를 끄덕였다.

그리고 여자에게 컵을 내밀었다.

"아이들에게 주세요. 기침이 좀 줄어들 겁니다."

여자가 멍한 눈으로 김이 모락모락 솟아오르는 컵과 강유진을 바라보았다.

모두 꿈인가?

믿고 있던 삼촌의 배신과 어디선가 툭 튀어나와 마법 같은 장면을 보여 주는 남자, 아니 선생님이라니!

* * *

손재형의 가족이 합류했다.

총상을 입었던 손재형도 안상혁의 수술로 겨우 목숨을 건졌다.

최정산과 그의 가족이 어디로 갔는지는 모른다. 강유진이 그를 잡으러 가기보다 손재형의 가족들을 구하는 게 우선이라고 생각한 탓이다.

사실 그날 강유진에게는 그를 꼭 잡겠다는 마음이 없었다.

원한도 없는데 그를 잡아 어떻게 한단 말인가?

게다가 더 큰 문제가 있다.

그를 잡는 순간, 그의 가족을 먹여 살려야 한다는 것이다. 최정산에게는 딸린 식구가 많았다. 그는 처와 노부모와 두 아이의 보호자였다. 전쟁 전의 사회였다면 그를 감옥에 보냈을 것이다. 그러나 지금은 감옥도 없다. 그러니 강유진의 입장에서는 방치(放置)가 최고의 징벌이었다.

해거름 무렵, 다섯 개의 흙 아궁이 위로 다섯 개의 무쇠 솥단지가 올라갔다.

사람들은 배정받은 무쇠솥 주변에 모여 도란도란 이야기꽃을 피웠다. 언제부터인가 식사를 준비하는 시간이 휴식이요, 친목 도모의 시간이 되었다. 사람들은 그게 좋았다. 불과 얼마 전까지만 해도 먹거리와 목재를 구하기 위해 쉴 틈 없이 싸돌아다녔다. 음식 같지도 않은 멀건 죽을 먹고 나서도 쉬지 못한 건 마찬가지다. 그 불씨를 유지하기 위해 밤새도록 이곳저곳 쑤시고 다녀야 했다.

그러나 지금은 그러지 않아도 된다.

쌀을 주고, 불까지 피워 준다. 태울 게 없음에도 아궁이는 늘 뜨거웠고, 덕분에 솥단지가 있는 곳에는 항상 뜨거운 물이 있었다.

이제는 밤에도 땔나무를 찾아다니지 않는다.

일단 어디라도 숙영지로 정하기만 하면, 그 중앙에는 하루도 빼놓지 않고, 수십 명이 추위를 피할 수 있는 불이 타올랐다.

이미숙이 만족스러운 눈으로 숭늉을 마시는 남편과 아이들의 얼굴을 바라보았다.

손재형은 그런 아내가 이해가 되지 않았다.

"재산도 다 날리고, 뭐 좋은 일이 있다고 그렇게 웃어?"

"무슨 재산요?"

"그거."

손재형은 아이들 앞에서 차마 마약이라는 말을 하지 못해 "그거"라고 했다.

"아니에요. 다른 건 몰라도 그 강도가 그거 하나는 잘 가져간 것 같아요."

"헐, 그날 새벽에 분해서 펄펄 날뛰더니 웬일이야?"

"당신 정말 몰라요? 그걸 빼앗긴 덕분에 여기 남을 수 있게 됐잖아요."

"치료받은 거야 고맙지만, 계속 이 사람들을 따라가려고?"

손재형은 갑작스러운 아내의 변화가 이해되지 않았다. 노숙이라면 치를 떨던 아내였다. 아내의 바가지가 듣기 싫어서 빨리 이천으로 돌아가려고 하지 않았던가!

이미숙이 눈을 동그랗게 뜨고 물었다.

"당신, 다른 데 가려고 그래요?"

"언제 죽을지 모르는 사람들을 왜 따라다녀? 규모가 좀 되는 강도들 만나면 다 죽어. 몸이 좀 움직일 만하면 떠나야지."

"안 돼요!"

"싫어요!"

아이들이 먼저 소리쳤다.

"왜, 왜들 그래?"

이미숙이 손재형을 째려보며 한 마디 한 마디 힘주어 말했다.

"당신도 눈이 있으면 좀 봐요. 저 사람들 얼굴에 불안이 보여요?"

"지금이야 좋겠지……. 원래 평화로울 때 전쟁을 준비해야 한다고……. 그래야 오래 살아."

"하아! 이 아저씨 참 답답하네."

가슴을 치던 이미숙이 손재형에게 다가가 귀를 잡고 속삭였다.

"저 돌과 흙으로 만든 아궁이 보여요?"

"응. 근데 왜?"

"쉿, 조용히 대답해요. 저 아궁이 위에 큰 솥단지도 보이죠?"

“어…….”

“당신 이 얼어붙은 눈밭 위에서 저걸 만들 수 있겠어요?”

“장비와 시간만 있으면 못 할 것도 없지.”

손재형은 끝까지 허세를 부렸다.

“오늘 내가 몰래 재 봤는데, 선생님이 저걸 다 만드는 데 10분 걸렸어요. 다섯 개 전부 10분 걸렸다고요.”

“나도 장비만…….”

“맨손으로.”

“…….”

손재형이 입술을 실룩였다.

그러나 아무런 말도 하지 못했다.

그도 이 모임의 사람들이 조금 이상하다는 건 느끼고 있었다. 아무도 땔나무를 구하러 다니지 않는다. 그럼에도 아궁이는 뜨겁고 솥에는 항상 물이 끓는다. 밤에도 마치 기름을 태우는 것처럼 밝고 뜨거운 불이 있다.

“우리 재범이 감기도 많이 좋아졌어요. 약도 못 줬는데.”

“그거야…… 뭐…….”

따뜻한 음식 먹이고, 따뜻한 불 옆에서 재우니 좋아질 수도 있지 않겠는가!

“우린 여기에 붙어 있어야 돼요. 딴생각 하지도 마세요.”

"아니, 전에 노숙 못 하겠다고 한 건 당신이라고."

손재형의 음성이 저도 모르게 높아졌다.

이미숙이 손재형의 귀를 뜯어낼 듯 움켜잡으며 속삭였다.

"당신도 최정산이라면 죽고 못 살았었잖아요. 당신 인생 최고의 만남이고, 자산이라면서요!"

"아파……."

"딴생각 말고, 저분들 틈 속에 어떻게 하면 한자리 낄 수 있을지나 연구해 봐요."

"아니, 남자한테 쪼잔하게 그런 것까지 연구하라고? 지금이야 내가 다쳐서 그렇지, 내가 손재형이야. 손재형. 아이디 가구 박사장이 나한테 목맨 거 몰라?"

"그러니까 잘난 손재형 씨, 여기서도 능력 좀 인정받으시라고요."

"알았으니까 붕대나 좀 갈아 봐."

결국 포기한 손재형이 풀 죽은 음성으로 말했다.

그걸 빼앗기고 난 뒤에 가장의 권위도 잃어버린 느낌이다. 그렇지 않아도 기가 세던 마누라는 이젠 아예 상투를 잡고 휘두르고 있다.

'씨벌, 최정산 개새끼……. 곱게 죽지 마라.'

*　　　*　　　*

이를 박박 갈던 손재형의 피맺힌 저주가 통한 것일까?

손재형의 배에 총을 쏘고 쌀과 마약을 빼앗아 달아났던 최정산 일가(一家)는, 굶주린 하이에나 떼처럼 경기도 일대를 쓸고 다니던 강도단을 만나고 말았다.

강도들은 최정산과 그의 가족들을 자신들의 숙소로 사용하던 여주 휴게소 건물로 끌고 갔다.

이천 일대를 주름잡고 다니던 강도단의 두목 조덕배가 최정산을 물끄러미 바라보았다.

"그러니까, 마약과 쌀을 겁나게 많이 가지고 있다고?"

"예, 예, 여기서 멀지 않은 곳에 있습니다."

"그걸 자네가 어떻게 알았는데?"

"제가 그들에게 마약을 왕창 팔았으니까요. 가지고 있던 쌀도 그들에게 산 겁니다."

"오호, 갸들은 그렇게 많은 쌀이 어디서 났을까?"

"얼핏 농협 창고를 털었다는 말을 들었습니다."

"가능한 얘기 같은데, 신빙성이 없어……."

"예?"

최정산이 고개를 번쩍 쳐들었다.

'가능하다' 는 말인지 '믿을 수가 없다' 는 말인지 알 수가 없다.

"뭐, 그렇다 치고, 그 이야기를 우리에게 하는 이유가 뭐냐? 혼자 털리기는 억울하니까, 물귀신 작전을 쓰는 거냐? 아니면 우리를 엿 먹이려고 그쪽과 싸움을 붙이는 거냐?"

"그, 그건 절대 아닙니다. 저도 여기의 일원으로 받아 주십사 하는 마음으로……."

"씁! 이분 보게? 마음가짐이 제법 되어 있는데? 용필아 어때? 받아 줄까?"

분식집용 회전의자에 앉아 몸을 빙빙 돌리던 전용필이 "그럽시다 뭐!"라고 소리쳤다.

조덕배가 최정산을 일으켜 세웠다.

그리고 그의 손에 녹슨 과도를 하나 쥐여 주었다.

"자네를 받아 주는 대신 조건이 하나 있어. 우리는 딱 자네만 받아 줄 거야. 그러니까 자네의 불타는 충성심을 보여 봐."

말과 함께 조덕배가 최정산을 그의 가족들이 묶여 있는 곳으로 밀었다.

"……."

한참 동안 처와 노부모와 자식들을 바라보던 최정산이 덜덜 떨며 돌아섰다.

"용서해 주십시오. 도저히 못 하겠습니다."

"에이, 쯧쯧! 착한 남자네. 정이 있어!"

그럴 줄 알았다는 듯 고개를 끄덕이던 조덕배가 최정산에게 다가갔다.

그리고 자연스럽게 녹슨 과도를 건네받았다.

푸욱.

"끅……."

답답한 신음과 함께 최정산의 눈이 부릅떠졌다.

잔뜩 녹슨 과도가 옆구리에 깊이 박혀 있다. 너무 갑작스러워 실감이 나지 않을 정도다.

하지만 조덕배는 그것으로 성에 차지 않는지, 과도를 잡은 손아귀에 더욱 힘을 주었다.

"끄으윽……."

최정산은 이를 악물고 조덕배의 손목을 잡아 칼을 빼내려 했다.

그 순간 조덕배는 최정산의 미는 힘을 이용해 과도를 쑥 뽑았다.

그리고 이번에는 최정산의 가슴을 수도 없이 찔러 댔다.

푹. 푹. 푹. 푹. 푹.

몇 번 손을 휘젓던 최정산은 더 이상 버티지 못하고 뒤로 넘어갔다.

가슴에서 솟아난 피는 최정산의 상체를 적시다가 이내 바닥으로 흘러내렸다. 흙먼지로 얼룩졌던 바닥이 검붉은 피로 물들었다.

조덕배가 과도를 등 뒤로 휙 내던지고는 손을 툭툭 털었다.

"나머지는 일 끝내고 잡는 게 좋겠지? 언제 다시 눈이 내릴지 모르니까 말이야."

구석에서 아까부터 킬킬대며 웃던 강도 둘이, 최정산의 다리를 한쪽씩 잡고는, 밖으로 질질 끌고 나갔다.

"……."

최정산의 부모는 악을 쓰다가 기절하고, 그의 처와 아이들만 넋이 빠진 얼굴로 피 웅덩이를 바라보았다.

회전의자를 멈춘 전용필이 그런 세 사람을 보며 히죽히죽 웃었다.

휘이이익—

갑자기 불어온 찬바람이 휴게실을 한차례 휘젓고는 사라졌다.

바람결에 고기타는 냄새가 실려 왔다.

눈이 멈춘 것조차 인간에게는 희망적이지 않았다.

제10화

삶과 죽음의 교차로

강유진이 임지연과 하연이를 데리고, 아침 식사 후의 차 한잔이 주는, 여유를 즐기고 있을 때다.

요란스러운 외침과 함께 최명석이 헐레벌떡 달려왔다.

"형님! 형님! 적당한 곳을 찾았습니다. 이걸 왜 지금까지 몰랐나 모르겠습니다."

"뭔데?"

최명석이 강유진의 앞에 서류 한 장을 내려놓았다.

"보십쇼! 여기서 가까운 곳에 군수창고가 하나 있습니다! 어젯밤에 제가 찾아냈다는 거 아닙니까! 매의 눈으로 말이죠!"

강유진이 서류를 내려다보았다. 그러나 글자가 빽빽해서 뭘 가리키는지 알 수가 없다.

“못 찾겠다, 말로 설명해 봐라.”

“여기요! 여기! 보세요! ‘임시’라는 도장이 찍혔지만, 하나가 있습니다!”

최명석이 손가락으로 서류 한 지점을 콕콕 찔렀다.

강유진의 눈이 최명석의 손끝을 따라갔다.

“여주군 관한리? 오갑산……. 여기 맞아?”

“예, 남쪽으로 조금 돌아가는 코스지만, 그래도 강원도 방면으로 가는 데 문제는 없습니다. 여기에서 아주 가까워요. 필이 와요! 필이!”

“뭐, 크게 도는 것도 아니니까, 그렇게 할까?”

“날짜를 보니까 가장 최근에 지어진 창고예요. 게다가 비고란에 볼펜으로 따로 메모까지 해놨더라고요. 확인 요망이라고.”

“벌써 김지원이 털어 먹은 건 아니겠지?”

“아닐 겁니다. 그랬다면 안영민이 왜 이런 메모를 했겠어요?”

“그럼 안영민이 다녀갔을 수도 있잖아.”

“에이! 형님, 그렇게 따지면 조사할 군수창고가 없어요.”

“뭐, 그렇긴 하겠다. 상혁이에게 말해 둬라. 오갑산에 들렀다가 가자고.”

“알겠습니다. 그럼, 행복한 시간 되십쇼! 행쇼!”

말을 마친 최명석이 요란스럽게 돌아갔다.

강유진이 그런 최명석을 보며 중얼거렸다.

"저 녀석은 요즘 들어 더 촐싹대는 것 같아."

"연애를 하잖아요."

임지연의 말에 하연이 손뼉을 치며 소리쳤다.

"맞다! 맞다! 저 아서씨 요즘 연애한다고 소문이 쫙~ 났어요!"

강유진이 놀란 눈으로 하연이를 바라보았다.

"헐, 애들한테까지 그런 소문이 나냐?"

"아빠! 애들이라뇨! 저도 엄연히 숙녀라고요! 그쵸? 박사님!"

"호호! 하연이 말이 맞아요. 요즘 13살이면 아가씨예요."

"아, 네, 시집은 안 가세요?"

"흥! 안 가! 아빠랑 박사님 옆에서 평생 안 떨어질 거야!"

"하하! 어디 두고 보자! 나중에 애인이 생겨도 그런 소리를 하는지!"

"메롱~ 두고 보자는 사람 안 무섭다고 하더라! 그쵸! 박사님?"

하연이가 혀를 쏙 내밀어 보이고는 임지연의 팔에 매달렸다.

임지연은 그런 하연이가 마냥 귀여운지 입가에서 웃음이 떠나지 않았다.

최명석이 발견한 군수창고를 조사하기 위해 강유진 일행은 진행 방향을 남쪽으로 바꿨다.

거짓말처럼 눈은 더 이상 내리지 않았다. 그래도 혹한의 추위는 여전해서 사람들이 움직이기에는 어려움이 따랐다. 그래서 그런지 이천에서 나온 뒤로 마을 이외의 장소에서 생존자들과 마주친 적이 없다.

덕분에 강유진 일행은 세상이 얼마나 삭막하게 돌아가는지 잊을 정도였다.

하얀 눈밭 위를 움직이는 사람들은 멀리서도 눈에 뜨인다. 더구나 짐이 가득 실린 리어카를 끌고 간다면 더욱 그렇다.

강도단의 두목 조덕배는 묵묵히 리어카와 그걸 끌고 가는 사람들을 노려보았다. 지금 조덕배의 표정은 마치 먹이를 노리는 수사자 같았다.

뱃속에 들어가 있는 놈의 말이 사실이라면, 저 리어카에는 쌀이 실려 있다.

생각만 해도 흥분되는 일이지만 그는 섣부르게 행동하지 않았다.

"용필아, 저 길이 언제 닦인 거냐?"

"무슨 길요?"

"저것들이 리어카를 끌고 가잖아. 눈 위로 그게 어떻게 기어가? 누가 치웠으니까 가는 거지."

"추워서 얼었을 검다. 눈 안 내린 지 한참 됐으니까."

"아? 그런가?"

조덕배가 자기 몸이 들어앉아 있는 눈 더미를 둘러보았다.

"그럼 이 눈은 아직 덜 굳어서 몸이 쑥 들어간 거냐?"

"그럴지도?"

"에이, 이 새끼. 발은 그럴듯한데 신빙성이 없어."

"뜸들이지 말고 후딱 해치우러 갑시다."

"……아무래도 느낌이 싸~해. 좀 더 지켜보자."

"에? 그 무슨 약한 소리를……. 우리 애들이 스물셋입니다. 쟤들은 힘쓸 것 같은 남자가 열 명도 안 되고, 나머지는 노인네와 여자들임다."

"나도 눈 있어 씨발라마."

"그럼 바로 작업 들어가야죠. 무슨 드라마 구경하는 것도 아니고."

"아냐, 왠지 똥구녕이 간질간질한 게 느낌이 안 좋아."

"그건 회충 때문이고. 빨리 가죠."

"좀 기다려 봐, 새끼야."

"그러다가 눈 내리면 우리만 젓 되는 검다."

"알아, 씨발라마. 재촉 좀 하지 마."

조덕배가 인상을 찡그렸다.

지금까지 이런 일은 한 번도 없었다. 손쉬워 보이는데, 이상하게 뒤끝이 좋지 않았다. 똥 누고 밑을 닦지 않은 그런 더러운 기분이다.

"아, 씨발, 우리가 언제 생각하고 움직였다고."

그 말이 조덕배를 자극했다.

"가자, 씨발."

스물세 명의 강도가 눈 속에서 서서히 몸을 일으켰다.

"모두 리어카 옆에서 떨어지지 마십쇼!"

안상혁의 외침에 사람들이 일제히 리어카로 다가갔다.

배의 상처가 다 낫지 않은 손재형은 속으로 '난리났군'을 연발했다.

그리고 이미숙에게 속삭였다.

"큰일 났네. 내가 이럴까 봐 여기서 나가자고 한 거야."

"나가면? 뭐 먹고 살겠다고요? 다른 사람들처럼 좀 가만히 있어봐요. 호들갑 좀 그만 떨고."

"에혀! 말을 못해……."

손재형은 만일의 경우 리어카를 버리고 튀자고 말하고 싶었지만, 분위기를 보니 어림도 없는 소리다.

가만 보니 모두 리어카가 신줏단지라도 되는 듯 꽉 붙들고 놓지 않았다. 그건 단지 거기에 쌀이 있어서가 아닌 것 같았다.

믿음이다.

심지어 의심 많은 자신의 처 이미숙조차도 흔들림 없는 눈빛으로 리어카를 잡고 있었다.

손재형은 자식들을 힐끔 쳐다보았다.

이제 겨우 6살, 9살이 된 아이들도 표정은 비슷했다.

어려서 세상의 잔혹함을 모른다고 하기에는 너무도 의젓한 얼굴이다.

손재형은 슬쩍 리어카에 한쪽 손을 걸쳤다.

그러자 손재형의 뒤에 서 있던 한 노인이 속삭이듯 말했다.

"잘 생각했어요."

'뭘요?'

손재형은 그렇게 되물으려다가 괜히 실없는 질문이 될 것 같아서 피식 웃고 말았다.

조덕배와 무장 강도들은 소총과 권총, 그리고 손도끼 등을 손에 들고 다가갔다.

그냥 걷는 게 심심하다고 생각했던지 전용필이 나직이 물었다.

"먼저 총으로 조질까요?"

"좀 닥치고 기다려봐. 씨발라마."

조덕배는 입 안이 바싹바싹 말랐다.

리어카는 섰는데, 사람들의 모양새가 기묘하다.

대부분의 비무장한 사람들이 리어카를 중심으로 뭉쳐 있다.

거기까지는 이해할 수 있다.

제법 한가락 하게 생긴 남자들이 십여 미터 앞에 서 있다.

남자들은 모두 셋.

'설마 저 셋이 우리를 상대하겠다고 나선 것은 아니겠지?'

그런데 표정을 보니 그런 것 같다.

그중 한 남자는 보란 듯이 총신을 쓰다듬고 있다.

'헉! AK47?'

순간 가슴이 서늘했다.

나름 이름이 알려진 자기들에게도 AK47을 뛰어넘는 무기는 없다.

눈에 힘을 주고 다시 찬찬히 살펴보니, 리어카의 뒤에도 두 남자가 소총을 들고 서 있다.

곁에 있던 전용필이 침을 "퉤" 뱉으며 말했다.

"AK47 하나 있다고 다 이긴 것처럼 위세를 부리네. 씨발 것들. 잘됐다. AK47을 여기서 얻는구나."

전용필의 말을 들으니 은근히 오기가 치밀어 오른다.

똘마니도 저런데 자신이 너무 쫀 건 아닌지 하는 자책도 든다.

"좀 흩어져 새끼들아."

짜증 섞인 조덕배의 말에 강도들이 좌우로 흩어졌다.

서서히 다가오는 강도들을 보고 있던 안상혁이 말했다.

"저것들 뭐죠? 중세시대 전투처럼 저대로 밀고 오려는 모양인데요?"

"사격에 자신이 없을지도……."

중얼거리던 강유진이 최명석에게 시선을 돌렸다.

"넌 총 좀 조심해서 다루고."

"염려 붙들어 매십쇼. 사격술에서 항상 우수한 성적을 유지했었습니다."

"보는 눈이 많다. 티 안 나게 할 테니까, 잘들 하자."

강유진의 당부에 안상혁과 최명석이 고개를 힘차게 끄덕였다.

가만히 정면을 응시하던 강유진이 앞으로 걸어 나갔다.

피격시의 각도를 최대한 줄여 후방의 안전을 도모하기 위해서다.

"가자."

강유진의 앞쪽으로 바람이 모여들었다.

휘이이이—

선두에 있던 다섯 명의 강도가 "악!" 소리와 함께 뒤로 나자빠졌다.

깜짝 놀란 조덕배가 전용필에게 물었다.

"뭐야? 쟤들 왜 저래?"

"저도 잘 모르겠습다."

쓰러진 강도들에게 다가가던 조덕배가 흠칫 놀란 얼굴로 멈춰섰다.

모두 이마에 손가락만 한 구멍이 뚫려 있었다.

"씨발, 레이저야? 뭐야?"

조덕배는 재빨리 상체를 숙여 눈 속으로 파고들었다.

기세 좋게 전진하던 강도들도 조덕배의 행동을 그대로 따라 했다.

뛰는 가슴을 겨우 진정시킨 조덕배는 손만 쑥 뻗어 올려 방아쇠를 당겼다.

탕. 탕. 탕.

기다렸다는 듯 나머지 강도들도 미친 듯이 총을 쏴댔다.

그러나 모두가 눈 속에 머리를 처박고 해대는 총질이라 상대에게 큰 위협이 되지 못했다.

투타타타탕.

최명석의 AK47이 불을 뿜었다.

어차피 앞은 강유진이 정령으로 막아 주고 있다. 설사 그게 아니더라도 강도들의 총알은 근처에 떨어지지도 않았다.

강도들이 웅크리고 있는 눈밭이 붉게 물들어 갔다.

안상혁은 더 대담했다.

뚜벅뚜벅 걸어가 마치 홍콩 느와르 영화의 주인공처럼 근접 거리에서 권총을 쏴 댔다.

그 와중에 몇 발의 탄알이 안상혁에게 날아들었지만, 모두 빗나갔다.

그때마다 안상혁은 자신의 몸 주위에 흐르는 강력한 기운을 느낄 수 있었다.

그렇게 5분이 지났다.

가장 먼저 조덕배가 손을 들어 올렸다.

"항복! 항복! 살려 주십쇼!"

조덕배가 투항하자 다른 강도들도 싸움을 포기하고 나왔다.

살아남은 강도들은 모두 여섯이었다.

예고 없이 터진 총격전은 그렇게 맥없이 끝났다.

강도들은 누가 시키지도 않았는데, 한곳에 모여 무릎을 꿇고 손까지 들어 올렸다.

강유진이 벌 받는 학생들처럼 스스로 무릎 꿇고 앉은 강도들을 애매한 시선으로 내려다보았다.

최명석이 기가 막힌다는 듯 말했다.

"항복이라고? 이 자식들, 이게 무슨 서바이벌 게임장에서 총격전 벌이는 건 줄 아나?"

"살려만 주십쇼! 착하게 살겠습니다!"

조덕배의 다짐에 사람들은 모두 멍한 표정을 지었다.

포로를 다룬 경험이 많은 안상혁이 나섰다.

"우리가 누군지 알고 있나?"

"모릅니다."

"그런데 왜 알고 찾아온 것 같지?"

"우연입니다."

"우연이라……. 참 좋은 말이야."

안상혁이 조덕배의 주머니를 뒤지기 시작했다.

담배와 벌거벗은 여자 사진, 그리고 사탕과 과자 부스러기가 나왔다.

"담배 피우면 군것질 안 한다고 하던데, 그것도 옛말인가 봐?"

"배가 고파서……."

"그런데 이건 뭘까?"

안상혁이 조덕배의 두툼한 방한모자 속에서 접힌 비닐을 끄집어

냈다.

어딘지 눈에 익은 비닐이다.

찬찬히 비닐을 살피던 안상혁의 입에서 나지막한 탄성이 흘러나왔다.

"아!"

이건 언젠가 손재형이 샘플로 주었던 마약이었다.

"너희들 최정산을 만났구나?"

"아닙니다."

"아니긴, 이건 최정산의 물건이구만. 최정산 지금 어딨나?"

"떠, 떠났습니다."

"훗! 만난 게 아니라더니, 이젠 떠났다? 최정산을 잘 가라고 풀어 줬다고?"

"정말 갔습니다."

그러나 조덕배의 거짓말은 오래가지 못했다.

다른 강도들이 최정산의 최후에 대해 털어놓았기 때문이다.

"최정산을 잡아먹었답니다."

안상혁의 말에 강유진이 씁쓸한 표정으로 물었다.

"결국 그렇게 되는군. 그의 가족들은?"

"아지트에 가둔 것 같습니다."

"아지트?"

"예, 여주 휴게소를 아지트로 사용하고 있었습니다."

"여기서 얼마나 되지?"

"저놈들 말로는 두어 시간 걸릴 거라네요."

"사는 게 지옥 같겠지만……. 그래도 산 사람은 살려야겠지."

멍한 얼굴로 중얼거리던 강유진이 강도들에게 천천히 걸어갔다.

누군가 다가오자 조덕배는 다시 애원했다.

"살려 주십쇼. 앞으로는……."

말을 하던 조덕배가 돌연 두 손으로 자신의 머리를 잡았다.

그리고 아주 천천히 제 머리를 돌렸다.

뚜두두둑.

목이 완전히 부러진 뒤에야 손이 툭 떨어졌다.

양심의 가책으로 자기 목을 부러뜨려 자살이라도 한 것처럼 보였다. 실제로 멀찍이서 본 다른 사람들은 다 그렇게 생각했다.

강유진이 강도들의 앞을 지나갔다.

강도들은 두목 조덕배처럼 자신의 머리를 움켜잡고 힘을 썼다.

물론 그들은 한쪽으로 돌아가는 머리를 원위치에 고정시키기 위해 그런 거지만, 다른 사람들의 눈에는 미스터리한 자살로 보였다.

뚜두두둑. 뚜두둑.

여섯 명 모두 기이한 방법으로 자살했다.

강유진은 강도들의 시체를 한곳에 모아 불태워 버렸다.

여주 휴게소는 세 명의 강도가 지키고 있었다.

그들은 안상혁과 최명석에게 사살되었고, 자기들이 사람을 구워 먹던 장소에 화장(火葬)됐다.

최정산의 부모와 그의 처는 "고맙다"고 수도 없이 인사했지만, 함께 가기를 거부했다.

손재형까지 나서서 함께 가자고 했지만 받아들이지 않았다. 그것이 손재형에 대한 미안함 때문인지, 아들을 잃은 것에 대한 비통함 때문인지는 모른다.

강유진은 여주 휴게소를 떠나기 전에 그곳을 완전히 불살랐다.

* * *

강도들과 한바탕 전투를 벌이는 바람에 오갑산행은 조금 지체됐다.

그래서 강유진 일행이 오갑산 아래에 도착했을 때는 해가 뉘엿뉘엿 질 무렵이었다.

어둠 속에서 더 검게 보이는 오갑산을 올려다보던 최명석이 무심코 중얼거렸다.

"어째 으스스하네요?"

박미나가 그런 최명석의 등판을 후려쳤다.

"왜 겁주고 그래?"

"아니, 꼭 그러려고 한 게 아니라……."

"하여간 명석 씨는 장난 빼면 시체야."

"그런 건 아닌—데에……."

순간 목소리가 갈라져 이상하게 들렸다.

"아 왜 자꾸 음산하게 말해?"

"으흐흐……. 누가 음산하게 말을 한다고 그래요."

결국 최명석은 기괴한 웃음으로 마무리를 지었다.

자신이 처음에 말을 꺼냈던 건 그런 의도에서가 아니었는데도 말이다.

주위를 두리번거리던 최명석이 이번에는 강유진에게 다가갔다.

"그런데, 마을에 사람이 없는 것 같죠?"

"다른 곳으로 피난을 갔겠지."

"모두가요?"

최명석은 그 점이 이해가 가지 않았다.

지금까지 거쳐 온 마을은, 비록 소수의 숫자일지언정, 사람이 살고 있었다.

그런데 이곳은 그런 것 같지 않았다. 사람의 흔적은 물론, 주변에 불빛도 없다.

"사람들 생각이 다 같을 수는 없으니까. 마을의 상황도 그렇고."

"그러니까 마을 사람들이 모두 피난 갈 상황이 생겼을 수도 있다는 건가요?"

"아니, 마을에 사람이 남아 있을 수도 있지만, 사람이 없더라도 너무 이상하게 생각하지 말자는 거야. 알겠냐?"

"네, 그런데 이런 기분 어디선가 한 번 느껴 본 것 같네요. 어디서지?"

최명석이 머리를 갸웃거렸다.

끈적끈적하고 불쾌한, 뭐라고 꼬집어 말하기 어려운 감정이 스멀스멀 피어올랐다.

안상혁이 애써 밝은 음성으로 말했다.

"그래도 다 빈집이니, 넓은 곳 찾아서 묵으면 되겠네요."

"가만? 지금 다 빈집이라고 했지?"

갑자기 강유진이 안상혁을 바라보았다.

"예."

"그럼 마을의 눈은 누가 치운 거야?"

"……."

안상혁과 최명석의 표정이 굳어갔다.

그러고 보니 사람이 살고 있지 않은 마을인데, 깨끗하다.

길도 잘 정비되어 있다.

그런 마을을 왜 비워둔 것일까?

결국 마을 중심부에 있는 2층짜리 마을 회관에서 하룻밤 묵어가기로 했다.

강유진은 마당 중앙에 리어카를 모으고, 사람들을 1층에서 쉬게 했다. 어차피 불의 정령 플라멘의 힘으로 1층만 난방을 했기에 다른 곳으로 가고 싶어 하는 사람도 없었다.

그날 밤 안상혁은 지금까지 늘 그랬듯 두 명씩 짝지어 불침번을 서게 했다.

그렇다고 모두가 잠든 건 아니다.

사람은 위험해질수록 본능에 충실해진다.

남녀 간의 감정이 특히 그렇다. 위태로운 여정 가운데 몇 쌍의 커플이 탄생했다.

사십 대 노총각 김대식과 이십 대 후반의 황수정도 그런 사람들 중 하나다.

김대식과 황수정은 같은 리어카를 밀고 끌다가 눈이 맞은 경우다.

알게 된 기간은 짧았지만 두 사람은 열렬히 사랑했다. 그러나 언제 끝날지 모르는 단체 생활은 성인 남녀가 사랑을 나누기에 적당치 않다. 그래서 둘은 모두가 잠든 시간에 따로 나가서 만나곤 했다.

그날도 남들이 모두 잠든 시간에 김대식과 황수정은 몰래 마을 회관을 빠져나갔다.

두 사람이 목표한 곳은 회관에서 가까운 빨간색 지붕의 집이다.

때마침 불침번을 서고 있던 남자들은 김대식과 황수정의 사정을 익히 알기에, 웃으며 손까지 흔들어 주었다.

그런데 그날 밤 김대식 커플에 앞서 마을 회관을 빠져나간 남녀가 또 있었다.

최명석은 전원주택 풍의 농가주택 거실에 있는 검은색 주철의—어울리지 않게 고풍스러운 디자인이었다— 벽난로에 불을 붙였다.

그리고 자주색 가죽 소파에 걸터앉아 능글맞게 웃으며 손을 벌렸다.

박미나가 다소곳한 표정으로 그의 품에 안겼다.

최명석이 의기양양한 얼굴로 말했다.

"이렇게 분위기를 아는 남자가 또 있으면 말해 봐요."

“없어.”

박미나가 야시시한 표정으로 최명석을 응시했다.

뜨거운 숨을 내뿜던 최명석이 허리를 틀어 박미나에게 입을 맞췄다.

“으응…….”

박미나의 코에서 달뜬 신음이 흘러나왔다.

한창 최명석과의 키스에 집중하던 박미나가 살짝 눈을 떴다.

“읍! 꺄아악!”

박미나가 최명석을 밀치고 벌떡 일어난 것과 찢어지는 듯한 비명을 내지른 것은, 거의 동시에 일어난 일이었다.

최명석이 어리둥절한 눈으로 하얗게 질려 가는 박미나를 바라보았다.

“왜, 왜 그래요?”

“…….”

박미나가 떨리는 손으로 한쪽을 가리켰다.

당황한 최명석의 시선이 박미나의 손끝을 따라갔다.

곧이어 최명석의 입에서 헛바람 빠지는 소리가 흘러나왔다.

“헉!”

큼지막한 마루의 투명한 창에 한 남자가 거꾸로 매달려 웃고 있었다.

남자의 붉은 입술과 그 사이에 있는 하얀 이빨이 흐린 달빛 아래에서 선명하게 빛났다.

그래도 남자라고 최명석은 거의 반사적으로 품 안에서 총을 뽑아 쐈다.

탕. 탕.

붉은 입술의 남자가 사라졌다.

최명석과 박미나는 마당으로 뛰어 나갔다.

두 사람 모두 손에 권총을 들고 있었다.

붉은 입술의 남자는 어디에도 보이지 않았다.

두 사람은 붉은 입술의 남자가 매달려 있던 창으로 다가갔다.

정체불명의 남자가 매달려 있던 창틀 아래에 점점이 떨어진 뭔가가 보였다.

최명석은 가슴이 철렁하고 내려앉았다.

'핏방울이다!'

왜인지는 모르지만 최명석은 '이 피는 붉은 입술의 남자 것이 아니다' 라는 생각을 했다.

마을 회관에 불이 밝혀졌다.

곧이어 강유진이 최명석과 박미나가 있는 곳으로 달려왔다.

"무슨 일이야?"

걱정스러운 표정으로 바라보는 강유진에게 최명석이 말했다.

"형님, 정체불명의 남자가…… 박쥐처럼, 저 창문에 거꾸로 매달려 안을 들여다보고 있었습니다."

"그래서 총을 쏜 거냐?"

"네, 총에 맞은 것 같지는 않았는데……. 여기 핏자국을 남기고 사라졌습니다."

최명석이 어두컴컴한 바닥을 가리켰다.

순간 강유진의 손바닥에서 '화르륵' 하고 불길이 일어나 주위를 밝혔다.

어둠에 가리어져 있던 창틀 아래의 모습이 선명하게 드러났다.

핏방울은 창틀 주변에 고루 퍼져 있었다.

"누군가 창틀 위에서 침을 질질 흘린 것처럼 보이는데?"

강유진의 중얼거림에 박미나가 몸을 부르르 떨었다.

침이 누군가의 피일 수도 있다는 사실에 소름이 돋았다.

"강 선생님, 총알이 관통한 자국을 보세요. 모두 오른쪽 상단이잖아요. 그런데 핏방울은 반대쪽에도 떨어져 있어요. 여기 오기 전에 상처를 입었던지, 피같이 보이는…… 침을 흘린 거예요."

"그렇군요."

박미나의 지적에 강유진은 순순히 고개를 끄덕였다.

잠시 생각하던 강유진이 최명석에게 말했다.

"일단 돌아가서 인원 점검을 해 봐야겠다. 다친 사람이 없어야 할 텐데……."

"그러게요."

최명석이 자신 없는 음성으로 답했다.

말은 안 했지만 직감적으로 알 수 있었다.

오늘 밤, 일행 중 누군가 쥐도 새도 모르게 당했다. 붉은 입술과 하얀 이빨을 가진, 상상할 수도 없을 만큼 빠른 그놈에게!

마을 회관으로 돌아가자 안상혁이 상황을 간단히 정리해 주었다.

"명석이와 박미나 씨보다 30분쯤 앞서 김대식 씨와 황수정 씨가 나갔다고 합니다. 총소리까지 났는데……. 아직 돌아오지 않고 있네요."

최명석이 조심스럽게 말했다.

"아주 빠른 놈이 돌아다니고 있습니다. 목표물을 눈으로 확인하고 쐈는데…… 맞지 않았어요."

"이런! 그렇다면 사람들을 동원해서 수색하는 것도 위험하겠는데요?"

안상혁이 곤혹스러운 표정으로 강유진을 바라보았다. 지금과 같은 상황에서 움직일 수 있는 사람은 강유진밖에 없었다.

"내가 찾아보마."

"그 두 커플은 평소에 멀리 가지 않았다고 하니까, 가까운 집부터 보시면 될 것 같습니다."

"그래. 이제 다들 좀 쉬게 해. 내일은 모두가 등산을 해야 한다고. 그나저나 불침번들에게 무기를 지급하지 않아도 될까?"

"그렇지 않아도 오늘은 권총을 지급할 예정입니다."

"잘 생각했다. 그리고 불침번들에게 커플들을 밖으로 내보내지 말라고 주의를 줘. 아무리 생각해도 안전한 마을이 아니야."

"예, 명석아 들었지? 나가지 마라?"

"나가래도 안 나가요. 얼마나 살 떨렸는지 알아요? 컴컴한 밤에 그 시뻘건 입술과 하얀 이빨을 봤다고 생각해 봐요. 어휴! 꿈에 볼까 무섭네."

"아, 이럴 때가 아니지. 너희 두 사람도 오늘 밤은 조심해라. 나는 사라진 커플을 찾아봐야겠다. 아무 일도 없어야 하는데……."

머리를 설레설레 흔들던 강유진이 어둠 속으로 성큼성큼 걸어 나갔다.

〈다음 권에 계속〉